校园蒲公英励志丛书——

一本书就是一段生命历程；一本书就是一个美丽的世界；
一本书就是一个让人神往的梦想！忍不住回味咀嚼……
靠近一本书，让一本书与您和谐相伴，这是享受美丽人生的开始……
当本书系悄悄地走近您的生活时，您便拥有了这个世界上最多的梦想和力量！

主编

聆听智者的声音

—— XIAO YUAN PU GONG YING ——

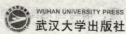

WUHAN UNIVERSITY PRESS
武汉大学出版社

图书在版编目（CIP）数据

聆听智者的声音／李 婧 主编. — 武汉：武汉大学
出版社，2013. 10
 （校园蒲公英励志丛书）
 ISBN 978－7－307－11959－8

Ⅰ. ①聆… Ⅱ. ①李… Ⅲ. ①散文集－中国－当代
Ⅳ. ①I267

中国版本图书馆 CIP 数据核字（2013）第 252033 号

责任编辑：刘延姣 责任校对：于月英 版式设计：大华文苑

出 版：	武汉大学出版社 （430072 武昌 珞珈山）	
发 行：	武汉大学出版社北京图书策划中心	
印 刷：	北京一鑫印务有限责任公司	
开 本：	710×960 1/16	
印 张：	13	
字 数：	156 千字	
版 次：	2013 年 11 月第一版	
印 次：	2013 年 11 月第 1 次印刷	
书 号：	ISBN 978－7－307－11959－8	
定 价：	29．80 元	

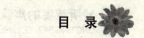

目　录

第三辑　与人交往的艺术

第四辑　快乐地面对生活

第五辑　拥有一颗感恩的心

第六辑　创造一个良好的环境

第一辑
用不同的眼光看世界

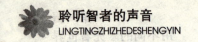

生命的动力

　　有时，我会想，万物的生存皆是一种奇迹。但是我坚信，有一种"永恒之脉"始终贯穿着天地万物，最具价值的遗产将会永存。每个人都渴望将自己的生命融入这条"永恒之脉"：这就是生命的动力，也有人称它为永恒的动力。

　　令人惊奇的是，儿时的某些东西总会给我们留下深刻的印象。我至今还记得朗费罗的几句诗：

　　"生活是真实的！生命是真诚的！

　　死亡并非它最终的目标：

　　你本为尘埃，必归为尘土，

　　这是指肉体，而非灵魂。"

　　还有：

　　"伟人的生命警醒着我们，

　　我们能够高尚地生活，

　　离开人世的时候，

　　也会在时间的沙滩上留下我们的足迹。"

　　诚然，与现在的年轻人相比，我们这代人的情感更为丰富。但是，无论这首诗是否为佳作，它朴素的言辞都传达了一种信息，并在一个小男孩的脑海中留下永久的记忆。

　　15岁时，我幻想着自己拥有一个守护天使。每当周末去乡间写生时，我会请求它的指引，祈祷某天能够成为一名伟大的艺术家，描绘出大自然最真实的美丽。这一小小的祈祷带给了我对世界的信仰和对自己的信心。

然而，我的信仰与信心遇到了严峻的考验。核武器时代让我们陷入了恐慌，我们的生命也似乎危在旦夕。人类的潜能与价值无法发挥出来，这也近乎是一种浪费。有时，我会想，万物的生存皆是一种奇迹。但是我坚信，有一种"永恒之脉"始终贯穿着天地万物，最具价值的遗产将会永存。

我相信，无论用怎样的方式，每个人都渴望将自己的生命融入这条"永恒之脉"：这就是生命的动力，也有人称它为永恒的动力。我想：无论这是什么，都是有益的，因为它赋予了我们生存的目标。不过，只有目标还远远不够。在人们眼中，艺术家总会不切实际地空想，但就我自己而言，我发现在创造任何艺术作品之前，都必须做出决定和计划。我知道，我不仅要带着敏锐的情感，对美的感知，去接近生活，同时还要存一颗谦卑、崇敬的心。

作为一名艺术家，我的人生信条是：热爱生活，热爱自由，热爱全世界人民。通常，一个热爱自己工作的人会是一个有梦想的人，而他梦想的灵魂也会以某些方式与特征表现出来。创造是一种绝妙的感觉，然而我认为现今的人们缺乏交流的能力。如果人们，不仅仅是艺术家，而是所有的人，只要能敞开心扉，表达出忧愁与快乐，恐惧与希望，他们就会发现以前无法看到的东西，发现自己已融入生活的主流。

有时，恐惧与嘲讽会让我们灰心丧气。每当这时，我便会努力回忆不同时代的伟大艺术家拥有着怎样的表现力。一种能与人交流、提升人的品格的力量，能使观众产生或喜或悲，或惧或敬的心灵共鸣，而不只是为了装点生活或娱乐大众。

如果我们能扩大人类的思想与信仰领域，将会发现人人都具有创造的天赋。这种才能使得我们每个人都独具个性，并赢得在"永恒之脉"中的一席之地。我深信，如果我们能认识到这些，就会发现我们所生活的这个时代充满了冒险与创新的激情，我们将在它的带领下走进一个更美好的崭新世界。

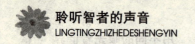

 画龙点睛

生活是真实的！生命是真诚的！每个人的心里都有一条"永恒之脉"：这是生命的动力。我们不仅要用敏锐的情感，对美的感知去接近生活，还要同时怀有一颗谦卑、崇敬的心去感受生活，加油吧！

关于时间的信仰

我所信仰的，我认为最重要的，是短暂。

但是难道短暂——生命的消逝，不是令人非常悲哀吗？不，它正是生命存在的精髓。它赋予了生命价值和尊严，让生命更有趣。短暂创造时间，而"时间正是本质"。至少，时间可能是至高无上的，最有用的恩赐。

时间和一切具备创造力与活力的事物相关，和所有迈向更高目标的进步相关——是的，它甚至等同这些事物。

没有短暂，没有开始或结束，出生或死亡，也就没有时间。永恒，意味着时间永不结束；永不开始，就是停滞不动，没有任何意义，这绝对让人感到乏味。

生命无比顽强。即便如此，生命的存在也依赖于一定的条件，既然它有开端，也就会有结束。正因为如此，我相信生命的价值和魅力将会不断增长。

人和自然界其他形式有别，最重要的原因之一就是人知道短暂，知道有开始和结束，因此也懂得时间是一种恩赐。

可以说，在人身上，短暂的生命显示出它最大的活力和精神力量。这并不是说只有人才有灵魂，一切生物都拥有灵性，但只有人的头脑才能最清楚地意识到"存在"和"短暂"这两个术语是可以互换的。

对人来说，时间就像是给他辛勤耕种的一块土地；一个让他能通过不懈的努力，实现自我价值，向前向上发展的空间。是的，在时间的帮

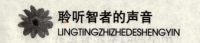

助下，人能从有限的生命中获得永恒。

在我内心深处，我相信并认为每一个人的灵魂都拥有这样的信念：在宇宙中最重要的莫过于我们生活的这个地球。在我内心深处，我相信从混沌中创造出来的宇宙，从无机状态中创造出来的生命最终都是为了创造人类。我相信人类就是一种伟大的试验，它可能因人自身的罪恶而失败，试验的失败也就是创造本身最主要的失败。

无论这种信仰是否正确，如果我们人类能以它为行为准则，我们将会获得许多有益的忠告。

 画龙点睛

每个人都要有信仰，因为信仰给够带领我们走出困难的深渊，能够激发灵魂的高贵与伟大的，只有虔诚的信仰。在最危险的情形下，最虔诚的信仰支撑着我们；在最严重的困难面前，也是虔诚的信仰帮助我们获得胜利。

每个人都是不可取代的

多年前的一个晚上，我在宁静的夜色中乘船经过某个大都市。站在舰桥上，我眺望着万家灯火辉映在夜空中，聆听着城市的喧嚣；而在我的另一侧，除了无尽的黑暗与无边的海水之外什么也看不到。刹那间，我意识到自己是多么的渺小，生活中的一切烦恼也顿时显得微不足道。

我在船上生活了 25 年，如今是一名港口领航员，负责将大型豪华客轮引航入港，直到它们安全地靠港。这项工作有时需要两艘拖船或者更多，这要根据潮水、天气以及船只的吃水度而定。

不用说，很多人都见过拖船拖拉巨轮的情景，看上去拖船的工作似乎微不足道。很快巨轮就可以停泊就位，下牢锚链，拖船也就完成了任务。

无论一艘还是 10 艘拖船，它们的行动都是听命于我在巨轮舰桥上的鸣笛信号。这些信号便是一种语言，它的可靠程度可与口头语言相比，甚至有过之而无不及，这是因为我们的汽笛信号几乎不会被误解。每艘拖船的船长会根据接收到的指令严格行动，而对于我的指挥，他们毫无疑问且完全信任，因此我们的配合一直很默契。

对于我的工作而言，团队合作尤为重要，这也影响着我的人生观。我相信，如果没有同伴们的帮助，我绝对不会有今天的成功，正如远洋航行的万吨巨轮要想安全入港停泊，还得依靠小小拖船的帮助一样。

第一次将巨轮引航入港时，我感觉自己相当了不起。那艘巨轮乘风破浪驶向海港，高塔般矗立在我所在的矮墩拖船前。当我们靠近船边

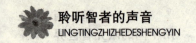

时，舱门打开到水平面一样的高度，我在两名衣着讲究的船员的帮助下登上了船。在他们的陪同下我走上舰桥，从船长手中接过船的"指挥棒"。我意识到，自己正在掌控一艘价值百万美金的巨轮，而它的主人正依靠我将它安全停泊。后来，在引领了几艘同样的巨轮入港后，我明白自己不过是一个传达信号的人而已，没有什么了不起的。

不管每天从报纸上读到多少坏消息，我依然对国家充满信心。我祈祷着和平与理解降临到这个动乱的世界，让我的孩子们能够在一个幸福而非血腥冲突的世界中生活。我相信这一天终会到来。我还记得，在1949年，一个名叫凯西·菲丝库斯的小女孩失足跌入了加利福尼亚的一口废井之中，全国人们都对她充满了关爱与同情。当工程师、隧道工以及各行各业的人们经过三天三夜的努力将她从井底救出来时，她已经没有了呼吸。人们为营救工作捐了数千美金，但是营救人员及提供器械的人们却分文未收。他们之所以奋力救人是为了比钱更重要的东西。当时，我曾对驶入纽约港的一些国外客轮船长提及此事，他们也一样被深深地感动了。我相信，如同人们营救小凯西一样，他日我们也定能用同样的同情与理解赢来世界的和平。

我相信，上帝总会让我如愿以偿的。

 画龙点睛

"我相信，上帝总会让我如愿以偿的。"虽然每个人都是一个独立的个体，但是每个人之间却又都有着千丝万缕的联系，团队的合作很重要。人与人之间最重要的是信任，你也要相信自己，总会有如愿以偿的那一天。

勇敢地生活

　　我们的勇气并非生来就有，恐惧也是如此。有些恐惧可能是来源于你自身的经历、他人的讲述或从书上读到的东西。像半夜两点独自走在城中危险地段，这样的一些恐惧是可以理解的。但只要你学会避免这些情况，就不必再惶恐地生活。

　　即使是最基本的恐惧，也会让我们的雄心壮志彻底粉碎，我们的财富与情感皆会被恐惧所摧毁。如果不加以节制，它也会毁掉我们的生活。恐惧是蛰伏于我们内心的众多敌人之一。

　　让我跟你说一说我们面临的其他 5 个内在的敌人。第一个敌人是冷漠，在它袭击之前，你必须先下手为强。打着呵欠懒洋洋地说："啊哈，就这样吧，我就随波逐流吧。"这是多么可悲的弊病！这会让你永远无法漂至山顶，这就是随波逐流的问题所在。

　　犹豫不决是我们面临的第二个敌人。它是一个窃贼，会偷去你的机会和事业，它会将你获得美好未来的机会偷走。现在举起你的剑，同这个敌人决斗吧。

　　内在的第三个敌人是怀疑。的确，正常的怀疑是可以有保留的余地。你无法相信一切，但也不能事事怀疑。很多人对过去、未来、彼此以及政府心生猜疑，对所有可能的事物和机会也持怀疑态度，最为严重的是，他们连自己也不放过。我要告诉你，怀疑会摧毁你的人生和你取得成功的机会。它会使你的账户出现赤字，让你的心灵干涸。怀疑是敌人，我们必须驱赶它，消灭它。

第四个敌人是担忧。我们都会有所担忧，但不要被担忧的情绪所控制。相反，让它成为你的警钟，担忧也是会有好的用途。如果你走在纽约的人行道上，有出租车朝你开来，那你就得担心了。不过你不能让担忧像只疯狗似的将你逼进墙角，你应该利用担忧，并将它驱至墙角。无论什么想抓住你，你都要抓住它；无论什么攻击你，你都要予以还击。

第五个内部敌人是过度谨慎。它是一种胆怯的生活方式。胆怯是一种疾病，而非美德。如果你放任它，它就会支配你。胆怯之人是不会有所发展的，在经济市场中，他们难以进步、成长，也难以强大起来。你必须要避免过于谨慎。

向这些敌人开战吧，向你的恐惧发起攻击。鼓足勇气去对抗那些阻碍你的事物，与那些阻挡你实现目标与梦想的事物战斗吧。勇敢地生活，勇敢地追求你想要的一切，勇敢地让自己成为你理想中的人。

 画龙点睛

冷漠、窃贼、怀疑、担忧、过度谨慎，这些人类的内在敌人，它们会让你停滞不前，导致你难以进步、难以强大。所以，向这些敌人开战吧，勇敢地生活，勇敢地成为你理想中的自己，强大起来吧！

人生的意义

　　过去，孩子们通常会玩这样的游戏：突然指着一个人说"你是干什么的？"有些人会回答："我是一个人。"或回答是哪国人，或是哪个宗教的信徒。当新一代的孩子这样问我时，我答道："我是一个人类学家。"人类学是对人类所有生活方式的研究，需要一个人将全部的精力与时间都投入其中，所以，在谈论信仰时，我无法将自己作为一个人的信仰与作为一个人类学家的信仰区分开来。

　　我相信，把人类看作整个世界的一部分，对了解人类是十分必要的。除了经历漫长岁月，由最初简单的生命形式发展成为的复杂生物结构，决定人性本质的因素还有人类社会的众多伟大发明。人类创造并一直使用着它们，而反过来它们也将诸如建筑师、思想家、政治家、艺术家、观察家、预言家等身份赋予了人类。我坚信，这样的特性存在于每一项伟大的发明之中，比如语言、家庭、工具的使用，政府、科学、艺术和哲学，将每个人性格中的潜能巧妙地结合起来。无论任何种族、任何文明的后裔，任何一个人类群体都能学习并将它发扬光大。所以，一个新几内亚岛最原始部落的新生婴儿完全有能力从哈佛大学毕业，写出一首十四行诗或发明一种新型的雷达，就像出生在比肯山的孩子那样。但我也相信，在新几内亚岛、波士顿、列宁格勒或是西藏长大的孩子，必定具备不同于他人的，属于自己国家的文化特性。这些文化特性会对他们有着深远的影响，因此要想真正了解如何重新把握人类的命运，必须首先理解这些差异。

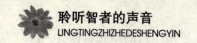

我相信，人性本无善恶之分，每个人生来都是先天潜能的不同组合，而决定人性善恶的是他们所接受的教育。是教育他们去信任、爱、试验和创造，还是教育他们去恐惧、仇恨和顺从——他们的人格也由此决定。我认为，人类的潜能甚至还不曾开始发挥，我相信只要以谦恭的态度坚持不懈地研究人类行为，让越来越多的人发现更多的自身潜能，我们就能自觉地学会创造文明。

我相信，人的生命之所以有意义，正是由于其个人树立的目标与他所处的文明、时代和国家之间有着密切的联系。也许有时，我们的任务会是为一片荒地修起围墙，为一条河架桥，或养育后代让年轻的群体延续下去。如今，为了安宁而自由的未来生活，这就意味着我们须承担起责任，去创造一个全新的世界。

 画龙点睛

　　人的生命之所以有意义与他从出生到成长所处的环境是分不开的，每个人生来都是先天潜能的不同组合，我们应该去创造一个全新的世界，承担起你的责任吧，为了美好安宁的未来生活！

让小孩成熟起来

　　我相信，生命最直接的目的便是生活——活着。所有已知的生命形式都经历着生命的兴衰周期，即出生、成熟、交配、繁衍、最终死亡。

　　因此，人生的首要目的是完成每个个体的生命周期，包括从苗壮成长发展为完全成熟的个体。

　　除非不良的因素使它长弯，否则松树生来便是笔直而挺拔的，人也是一样。一个最重要也最具意义的发现：成熟男女拥有成为最佳伴侣与父母的天性与特质——乐于尽责地工作，并献出自己的爱。

　　假如世上所有人都是对家庭、朋友及世界充满爱心，负有责任，并多做贡献的成熟个体，那我们人类的多数问题都将迎刃而解。

　　但是，多数人由于儿时的不良影响，导致他们扭曲地成长。因此，成年后，这些人就无法认识到自己完整而正确的人格。他们可以意识到有些地方不对劲，却不知问题出在哪里。他们自卑、灰心、焦虑且没有安全感。在内心情感的折磨下，他们如同受到伤害或威胁的野兽，随时准备争斗或逃避。逃避会使他们沉醉于酒精的麻痹，甚至出现精神错乱；而选择争斗往往会使他们变得残暴，走向犯罪，甚至挑起战争。

　　人类社会中最基本的问题就是，一触即发的暴力以及人类之间的相互残杀。这是因为暴力与残杀引发的战争，使得全人类的生存都受到了威胁。

　　如果没有争斗与逃避，远古时代的人类就无法在洞穴与丛林中幸存下来。但如今，随着社会的发展，恶劣的自然环境与凶残的野兽对人类的威胁已不足为惧。人类甚至学会了战胜疾病，并且拥有对地球现有人口衣食住房的充足供给。除非宇宙出现什么意外，否则人类唯一要面对的生存威胁便是来自自己内心深处的争斗与逃避。现在看来，这种随时准备与伤害或威胁斗争的丛林法则，就像人体器官中的阑尾，是退化的落后。它对人类与自然文明相处这一更有效的新方式造成了干扰。用争斗与逃避来解决问题，这是最原始粗糙的办法，只有无知的孩童才会这么做。而随后出现的新方法，即理解与合作，就需要成年人拥有成熟的心智。在孩子的世界中，争斗也许是被迫的，而达到成熟目标的有效方法就是运用成熟的方法来解决。也许只有当多数人成熟起来，战争才会结束。

我们人类面临的最基本问题，是适应社会并确保生存。而让人们认识到自己身心成熟的天性，努力朝其发展，并帮助孩子们成熟起来，这才是最基本的解决方法。

人类所遭受的苦难绝大多数来源于我们自身，主要是由于成年人在孩童时代的成长之路的扭曲影响了情感的成熟。因此，他们无法尽责地工作及关爱他人，相反，他们变得贪婪自私，缺乏安全感，灰心丧气，焦虑且充满敌意。

个人，乃至世界，若想从疯狂与杀戮中走向内心的和平与满足，成熟是唯一的途径。我相信这些，因为它们是我在科学的实证观察与亲身经历中体会出来的。

 画龙点睛

　　你简单，这个世界就同样简单。简单地生活才可以幸福地生活，人要知足，宽容大度。什么事情都不能想太多，心灵的负荷重了，就会怨天尤人。定期地对记忆进行一次删除，把不愉快的人和事从记忆中清除，人生苦短，财富地位都是附加的，生不带来死不带去，简单的生活就是快乐的生活。

用垂钓的心态生活

　　几年前，我开始通过高倍望远镜观察星空，并阅读一些天文学家为像我这样的天文爱好者所写的书。一时间，我痴迷上了观测星空。

　　迄今为止，人类在对宇宙的探索中发现，在固定星云中，太阳不过是一颗极普通的燃烧着的恒星。对于银河，我总想称之为"星河"，它包含着无数个地球的姊妹星球，所有的星球都围绕着一个轴心转动，而这个轴心也在朝着某个未知的方向移动。地球不过是银河系中亿万颗星球中的一颗，而银河系又是宇宙中无数星系中的一个。宇宙中究竟有多少个星系，我就不得而知了。

　　在浩瀚的宇宙中，太阳是如此的渺小，而它的子孙——地球，更是不值一提，以至于一想到它的分量，我就会想起欧·亨利对它的形容——"无用的化身"。

　　我存在的意义何在？我个人、我的民族或者我的世界，我们的存在又会产生怎样的影响？

　　我的生命轨道究竟延伸向何方，这个问题真的有意义吗？谁是整个宇宙的主宰？他有着怎样的想法？

　　我得好好想一想这些问题……一切是那样浩瀚，那样必然，那样无法掌控。当我闭上双眼思考这一切时，一幅极其悲壮的画面便会出现在我的脑海中。

　　后来有一天，我在树林里看到一只长着黑色斑点的英国种塞特猎犬，几根酸模芒的刺缠在了它的尾巴上。对像我这样的人而言，这种情

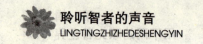

况再平常不过了。以前，我总会停下来把刺拔掉。然而不知何故，这一次我突然意识到，这只活蹦乱跳的猎狗身负着一个艰巨的使命：将芒刺播撒到某个地方。这个道理就像司机让陌生人搭顺风车一样，芳草花会在风儿的帮助下离开故土，飘向新的家园，而这几根芒刺依靠的就是猎犬的尾巴。冥冥之中，一切皆有定数。我也是如此。

我相信，渺小而孤寂的地球应尽量完善地处理自己的一切，然而随着人口的增加，这一原则越来越难以实现。

多年前，初到纽约时我发现与小镇相比，大都市里的生活和办事节奏要快很多。为了在激烈的竞争中生存，人们必须如此。

一周内，我要与那些都市人一起挤几次地铁，他们看起来都相当可憎。但当我在溪边钓鳟鱼碰到城里人时，我会发现他们和其他人没什么区别。他们也会兴趣十足，甚至热心地与我聊天，询问我的"战绩"，或是请教有关龟饵的问题。我也会停下来，提醒他那块黑蠓鱼饵可能有点大。

无论是在办公室还是在自家院中，我都会像在溪边垂钓时一样，多与同事或邻里交流，并常常静下心来体会世间万物的伟大。就这样，我试着尽善尽美地处理一切，就像那几根芒刺和那些遥远的星辰。我发现，这样做不仅有着无穷的乐趣，而且能够带给我幸福、满足以及内心的宁静。

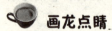 画龙点睛

　　一切，冥冥之中自有定数。人，也许一出生的时候，天意就为你安排好了一切，无论钱财物质还是权力地位、荣誉名誉，属于你的，迟早都会为你留着，你只需要努力做好该做的，剩下的就随缘吧！每个人在生活中都有不同的样子，都有自己存在的意义，你应该全面地去了解一个人。

精神支撑的那个点

　　坐落在高山上的谢拉湖，依偎在积雪与岩石的怀抱中，岩层往上是一片森林。从高出湖面约 500 英尺的观景点看下去，湖面微波荡漾，美不胜收。我着急与同伴再次会合，准备在午后周围群山的阴影尚未笼罩全湖之前，一起钓鱼。离错层的页岩不远，便是一条通往山谷的蜿蜒小路。我不想再走上山时所走的那条漫长而乏味的小道，便决定试着走上页岩——虽然这其中一段路的下面是几百英尺的垂直峭壁。

　　我小心翼翼地走在松动的页岩上。大约走到一半时，我发现脚下的页岩正一点点地不断下滑，我急忙寻找可以抓住的东西，向前一扑，抓住了一块露出地表的坚硬岩石。就在这时，脚下被午后阳光照射的发热的页岩表层开始松动，从山上滑了下去，消失在峭壁上。几秒钟后，我听到它落进湖中的声音。

　　稍微考虑了一下抄近路这愚蠢行为的后果后，我便想办法从一个支撑点挪到另一个支撑点，最终借助一棵矮松的根将自己拉到小路上。那天下午钓了多少鲑鱼，我已经不记得了，但我绝对忘不了那个支撑点的重要性。

　　在日常生活中，支撑点也是非常重要的。当我们的依靠即将从脚下溜走时，支撑点会带给我们安全的保障。我发现的最有价值的精神支撑是什么呢？

　　首先，是拿撒勒村卑微的木匠的教诲为例。他坚决主张个人价值至上，强调同情与理解的重要性，并为坚定的信仰提供了无可厚非的

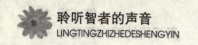

证明。

其次，尽管我们每个人都应该乐于勇敢，独立地发挥自己的能力，但也要相信：只要我们愿意，我们也能从外界获得力量之源。

再次，除了物质环境因素外，世界和人类的本质更多的是取决于我们个人的视野、理解和行为。也就是说，唯有出色的人才能创造出美好的世界。

这些便是我所发现的精神支撑点，它们具有永恒的价值。它们给予我们的不仅是刺激的挑战，还有令人安心的承诺。这就是我信仰的一切。

画龙点睛

你有自己的支撑点吗？尽管我们每个人都应该乐于勇敢，独立地发挥自己的能力，但是我们每个人也都应该有一个精神支撑点，它会支撑着我们即使在绝境里也永远充满着希望。

中庸之道

亚里士多德告诉我们，人类是自己行为的累积，因此习性造就了不同的我们。在他看来，在某种特定的情况下，正确的道德行为是介于两种邪恶极端之间的中庸之道。我们通过确定倾向于哪种邪恶，然后有意识地朝着相反的邪恶移动，最后达到中庸，以此来实践正确的道德行为。

美德有两种，即智慧的美德与道德的美德。智慧的美德是由教育产生与发展的，因此它需要有充足的经验与时间；道德的美德来自于习惯。这些美德既不是生来就为我们所有，也不是逆天性而为，而是靠自然赋予我们的接受它们的能力获得的，并且在我们的习惯中有所发展。这些美德是在我们初次笃行它们的过程中便获得了，正如其他艺术一样。不管我们学习什么，都是在真正去做的过程中学到的。比如，人们通过实地建筑才成为了建筑师，通过演奏竖琴才成为了竖琴演奏家。同样，在日常生活中，我们言行正直才成为了正直之人，平素里坚持自制才成为了克己之人，时常勇敢行事才成为了勇敢之人……

人际关系中，我们如何待人接物，决定了我们是正直之人还是不正直之人；如何面对危险的境况，对自己有信心还是没信心，决定了我们是成为勇敢之人还是怯懦之人。欲望与愤怒亦是如此：在这样的情况下，有些人在它们的指导下变得自制、有耐性；而另一些人则变得冲动、不能自制。总之，行动衍生出相应的性格与气质。因此我们必须对我们的行动赋予某种特性……简而言之，我们儿时养成的习惯可以产生

19

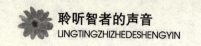

迥然相异的，甚至可以说完全不同的结果。

道德的美德是一种介于两种极端——过度和缺乏——之间的美德，是以达到情感与行动的中庸为目的。要做到这一点很难，在过度与缺乏中寻找到中庸的确很难，其难度不低于找到一个圆的圆心。恼怒或者花钱都很容易——任何一个人都能做到。但是要在恰当的时间，恰当的场合，用恰当的态度去应对恰当的人就不容易了，这也并非人人都能做到。

因此，追求中庸之道的人，首先心应当会远离比另一端更有悖于中庸的二端，因为两端之中总有一端错误更多。由于达到中庸之道相当困难，因此我们只能退而求其次，将邪恶成分最少的一端作为我们最安全的准备……

我们应该注意经常犯的各种错误。它们因人而异，我们将在痛苦与欢乐中找到自己经常犯的错误。发现自己的错误后，必须强迫自己向相反的方向发展。因为只有远离自己的过失才能达到中庸之道，这就如同我们将一块弯曲的木头重新展平一样。但是无论在何种情况下，我们都应该提防可以带来欢乐的事物以及享乐本身，因为我们无法对之作出公正的判别。

这一点非常清楚：在我们的所有行为中，中庸之道是一种最受人称道的境界。

但是在实际情况中，我们有时会倾向于过度，有时倾向于缺乏，因为这就是达到中庸之道的最简洁的方式，即正确之道。

 画龙点睛

"天命之谓性，率性之谓道，修道之谓教。"中庸之道是一种最受人称道的境界，但是真正地做到这样的境界却很难，道德的美德是一种介于两种极端之间的美德。努力吧！去追求中庸之道。

承认痛苦

多年前，我曾骑着自行车从一片风景如画的郊野中穿过。突然，乌云密布，大雨滂沱，然而令人惊奇的是，在前方几百米的地方却是阳光灿烂。我蹬着车使劲往前冲，却发现怎么也到不了那片阳光普照之地，乌云夹着大雨比我冲得还快。半小时后，精疲力尽的我停止了这场不公平的抗争，意识到自己根本无法到达那片晴朗的天地。

顿时，我豁然开朗，我在毫不重要的事情上疲于奔波，却不曾欣赏途中的景致，忘记了自己旅行的目的。暴风雨不会永不停息，任何不适也并非难以容忍。的确，我差点错过了途中的许多美好的景致。我满怀感激地凝望着眼前的景色，此刻所见的色彩、线条和轮廓比起阳光下别有一番风味。树木繁茂的山上，烟雨朦胧，别样的绿树清新明朗，令人神迷。大雨带给我的烦恼顿时消散，想要逃离的欲望也不复存在。相反，它带给我一种全新的视觉景观，让我懂得美与满足就源自我们身边，只要细心发现便能唾手可得。

这次经历从此也引导着我去思考相关的事物，因为它让我明白，对于无法避免的环境与条件，企图逃避毫无意义，但我可以勇敢面对它们，并常常对其进行修整与改善。我知道，只要勇敢地面对困难，失望而不沮丧，成功而不骄傲，那我们的人生之战便取得了一半的胜利。我也更清楚地意识到，危险并非灾难，而失败也许就是最终胜利的先行者。因此，归根结底，一切成就如果不经受道德准则的考验，就会脆弱不堪。

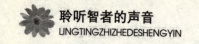
我已经明白，当自己无休止地追寻，试图在遥远之地寻找一个无忧无虑的世界时，也常常会在追寻中错过获得幸福与成就的机会。显然，拒绝承认生存的痛苦，将它们多数或全部归咎于他人，或者逃避，都无法将它消除。

每个人都有不足之处，但我为自己与他人排忧解难和祈求祝福的责任并不能因此免除。我可以将问题放大，却绝不会为缩小问题而忽视、逃避或求助神灵。我相信，通过自己的态度与行为就可解决我的疑惑与难题，即使无法克服全部。我确信，要想使幸福有所保障，接受心灵的指引，就必须靠自己的双手，朝着目标努力奋斗，去创造并积累幸福。我相信，若想在人世间的变幻莫测与严酷考验中，特别是当今革命风暴的艰难时刻，保持无所畏惧与信心十足，就必须对上帝保持虔诚的信仰。如果我的价值观能从其与神律的联系和伦理要求的承诺中获得支持与力量，那任何事物都无法给我造成真正的伤害。耶和华是我的牧者，我将一无所求。

 画龙点睛

只要勇敢地面对困难，失望而不沮丧，成功而不骄傲，那我们的人生之战便取得了一半的胜利。让暴风雨来得更猛烈一些吧，它可以让我们的意志更为坚定。

思维影响生活

你的内心世界如何，决定着你生活的好坏。宇宙中的一切事物都源于你的内心体验，外界的影响微乎其微，因为这完全是你内心意识的一种反应。

你的思想影响着所有错综复杂的关系。因为外界的事物会如实、具体地反映着你的内心世界。

同样的道理，你所掌握的知识都是从你以前的经历中得来的；你所知道的每一点知识，必定要经历时间的验证，并最终造就了如今的你。

你的世界是由你自己的思想、愿望和热情塑造的。对你来说，这个世界是环境优美，到处欢声笑语、祝福不断的，还是丑陋破旧，人们生活苦闷、痛苦不堪的，你的心里很清楚。

你可以用自己的思想改变或毁灭你的生活、你的世界、甚至你的宇宙。正是因为你用自己的思想塑造了自我，你周围的生活与环境才会相应地发生变化。

在无法阻挡的自然规律下，你的内心深处无论如何都要坚持梦想，那么总有一天你会美梦成真。

动机不纯、肮脏、自私的灵魂一直与不幸和灾难藕断丝连；而真诚、无私、高贵的灵魂则与幸福和美好息息相关。

每个人的灵魂都是与众不同的，没有什么其他的灵魂能够与之为伍。

创造也好，毁灭也好，个人内心世界的品质和力量决定了人生所经

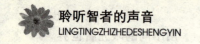
历的每一件事情。每个人的灵魂都是个人的经验积累与思想的复杂结合体，我们的身体仅仅是为实现思想而时刻准备着的工具而已。

所以，你心中的所思所想，才是一个真实的自我。无论是一片欣欣向荣，还是四处郁郁寡欢，你周围的世界都是穿着你思想的外衣。

一个人懦弱还是英勇，愚蠢还是聪明，烦躁还是平静，内心决定了他的精神状态，与外界没有丝毫关联。现在我似乎听见有很多人提出异议："你真的是想说外部的环境不会影响你的内心世界吗？"我绝对没有这个意思，我所强调的是客观存在的真理，环境对你的影响取决于你对环境的克制程度。

你的心情由于环境的变化而摇摆不定，那是因为你没有正确地理解思想的本性、用途和力量。

你相信周围的环境拥有成就或毁坏你生活的力量（这简单的词汇决定了你的快乐与悲伤），那样的话，你便会屈服于环境的支配；那样的话，你便承认自己是环境的奴隶，成了你绝对服从的人；那样的话，你便赋予了环境原本不属于它们的权利。实际上，你不仅屈从了环境，更重要的是放弃了自己思想的出发点，放弃了选择悲伤或快乐，恐惧或希望，优点或弱点。

我有两个朋友，他们曾在多年前失去了含辛茹苦积攒的储蓄。面对这样的困境，其中一个人从此一蹶不振，并陷入了无尽的愤懑、担忧与失望之中；而另外一个人在读早报时，才发现选择存钱的那家银行倒闭了而自己将会分文皆无。他只是稍微镇定了一会，便语气坚定地说道："既然已经没了，烦恼与忧愁也不会有什么用处。还是继续努力工作挽回损失吧！"

精神焕发的他便再次全身心地投入到工作中去，不久以后便又成了有钱人。但前者还在为失去的钱而悲痛不已，并不停地抱怨自己的坏运气。他依然迷失在处境艰难的环境里，而这都是自己软弱而卑屈的思想造成的。

失去全部金钱意味着最恶毒地诅咒前者，因为他会用阴暗、悲观的情绪去对待这件事情；不过，对后者而言，失去了全部金钱却无异于一种恩赐，因为他从中学到了坚强，拥有了希望与重新焕发的力量。

假如环境拥有足够的力量去祝福或摧毁我们的生活，那么他应该一视同仁。然而在现实生活中，相同的境遇里却产生了两种截然相反的思想——积极的思想和消极的思想。由此可知在遇到某种境遇后，一个人心境好坏不在于环境，而仅仅在于人们内心不同的反应。

当你能够认识到这个道理，那么你就可以掌握自己的思想，调节并训练自己的思想。最终重新塑造灵魂的宫殿，彻底驱除所有华而不实、没有价值的思想，并将快乐与平静，生命与活力，爱心和怜悯围绕在你的身边。

在大多数人看来，广阔无垠的大海既可以让船只航行，又可以让其颠覆，不过如此。然而，在音乐家的眼中，大海却是活生生的，它可以倾听大海变化多端的情绪，还有一种美妙和谐的韵律。

普通人的头脑中只看得到灾难与不幸，而哲人头脑中却预见了理想的因果关系；相同的道理，在唯物主义者的眼中，除了死亡，别无他物，唯心主义者却能体会到永恒跳动的生命。

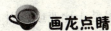 **画龙点睛**

生活既是一种享受，也是一种无奈，在生活中有欣慰也有困惑。生活像一枚未成熟的果子，你得含在嘴里慢慢品、细细嚼，会发现许多的滋味在你舌尖蔓延，有苦，有甜，有酸，也有涩。

每个人都是天才

　　也许我要说的这些话看起来像是为自己的生意做宣传，然而这却是我最了解的东西，我对它的信仰真诚而深切。

　　我相信，每个人都是天才——相比别人而言，有些事他可能做得更好。我相信，所谓"创造性"才能与普通才能间的差距不过是一种人为的不必要的区别。我认识的一些杀虫员、打字员、女侍者和机械工，他们在工作中所创造的快乐与实现的自我价值，也许是莎士比亚或爱因斯坦也无法超越的。

　　我在年少时曾读过托马斯·卡莱尔的一句话："一个人若是找到适合自己的工作，他便是幸福的，请让他别再祈求其他的幸福了。"当时，我觉得这句话过于残酷沉闷，而如今才知道卡莱尔先生是正确的。当你找到世上你能做得最好的事情时，稳定的收入，快乐的人际关系以及平静的心情等所有奇妙的"副产品"都会接踵而来。我相信，除非你找到它，否则你对"副产品"的一切追求也不过是徒劳而已。

　　我也相信，除非我们允许自己放弃希望，否则任何经历都会在找寻的过程中发挥作用。就我而言，在找到合适的工作前，我曾尝试过34种不同的工作，其中有很多工作的艰难程度简直令人难耐，在有些工作中，还会与一些不道德且令人讨厌的人相处。但是，回过头来才领悟到，在很多情况下，我是从那些最令人头疼的工作中得到了最丰厚的报酬，它们成为我正确事业生涯的最有价值的准备。

　　在成百上千人的命运中，我也看到了这一点。他们拥有的最宝贵的经历，正是那些曾经被认为绝望、黑暗、不可能有实用价值的时期。我的一位朋友现在是美国著名工业包装设计师，最近在与6位高水平设计师的竞争中，她脱颖而出，得到了提升。像我们所有人一样，她的过去也有巅峰与低谷。她失去了丈夫，还得抚养两个孩子，那是她最艰难痛苦的时期。她在自家楼下找了一份杂货店营业员的工作，这样一来，在没有顾客时她就可以抽空跑上楼看看孩子。那是她最绝望的两年，期间她几度想要自杀。但是，在她告诉我她被提升为首席包装设计师的那天，她惊叹道："你知道吗？只有我与购买我们包装食品的顾客有过直接的接触，而这正是我获得这份工作的唯一原因。"

我认为，人们在谈论逆境的益处时，过度强调了一种冷酷与绝望的顺从，一种良药苦口般的信仰——逆境或多或少都有益于我们。然而，我觉得它的益处远不止此。我知道，生活中的不幸会带给我们具体而有用的附加值，其中最主要的就是对人们更深切的理解与同情。也许，我们当时并未意识到这一点，也许会认为这些经历毫无价值，但是，正如爱默生所言："年复一年所积累的学问，是每日每天所无法了解的。"

 画龙点睛

　　每个人都是天才，每个人身上都有不同的闪光点，上帝对每个人都是公平的。面对不幸不要失望，生活中的不幸会带给我们具体而有用的附加值。

没有人在意她

　　有些女人为别人的评论而活着，她们活得很累，也很蠢。享受自己的生活，不要受别人的消极影响。不管别人如何评论你，只要你自己觉得高兴、满足，你的生活就是幸福的。

　　罗丽身高不足 155 厘米，她的体重是 62 千克。她唯一一次去美容院的时候，美容师说罗丽的脸对她来说是一个难题。然而罗丽并不因那种以貌取人的社会陋习而烦忧不已，她依然十分快乐、自信、坦然。

　　罗丽在一家日报社工作。她于是有机会去许多以前不可能去的地方。她去阿斯科特跑马场报道那儿观众情况的时候，遇到了一件事，这使她认识到那种试图以顺应世俗去表现自己比别人优越的行为是多么愚蠢。

　　有一个矮小而肥胖的女人，穿戴得整整齐齐：高高的帽子，佩着粉红色的蝴蝶结的晚礼服，白色的长筒手套，手里还拿着一根尖头手杖。由于她是一个大胖子，所以当她坐在手杖上时，手杖尖戳进了地里。由于手杖戳得太深，一下子拔不出来。她使劲地拔呀拔，眼里含着恼怒的泪水。她最后终于拔了出来，但她却手握着手杖跌倒在地上。

　　罗丽看着她离去。她这一天就算毁了，在大庭广众之下丢了丑。她没有给任何人留下印象，然而在她自己充满悲哀的泪眼里，她是一个失败者。

　　罗丽记得非常清楚，自己也经历过这样的情况。那时候，她还没有真正认识到：没有人在真正注意你的所作所为。许多年来，她都试图使自己和别人一样，总是担心人们心里会把自己想成什么样的人。现在，罗丽知道他们根本就没有想过她。

罗丽还记得自己第一次跳舞时的悲伤心情。舞会对一个女孩子来说总是意味着一个美妙而光彩夺目的场合，起码那些不值得一读的杂志里是这么说的。那时假钻石耳环非常时髦，当时她为准备参加那个盛大的舞会练跳舞的时候老是戴着它，以致她疼痛难忍而不得不在耳朵上贴了膏药。也许是由于这膏药，舞会上没有人和罗丽跳舞，然而不管是什么原因，罗丽在那里坐了整整 3 小时 45 分钟。当她回到家里，罗丽告诉父母亲，自己玩得非常痛快，跳舞跳得脚都疼了。他们听到罗丽舞会上的成功都很高兴，欢欢喜喜地去睡觉了。罗丽走进自己的卧室，撕下了贴在耳朵上的膏药，伤心地哭了一整夜。夜里她总是想象着，一百个家庭里的孩子们正在告诉他们的家长：没有一个人和罗丽跳舞。

有一天，罗丽独自坐在公园里，心里担忧如果自己的朋友从这儿走过，在他们眼里她一个人坐在这儿是不是有些愚蠢。当她开始读一段法国散文时，读到有一行写到了一个总是忘了现在而幻想未来的女人，她不禁想："我不是也像她一样吗？"显然，这个女人把她绝大部分时间花在试图给人留下印象上了，而很少时候她是在过自己的生活。在这一瞬间，罗丽意识到自己整整二十年光阴就像是花在一个无意义的赛跑上了，因为她所做的一点都没有起作用，因为没有人在注意她。

 画龙点睛

人生在世，一点也不在乎别人的看法那是不可能的，但是不要太在意，否则会活得很累，也很无聊，不要太在意别人的想法。世上本无事，庸人自扰之。有许多事情的确是自己找出来的。只要自己心怀坦荡，百川能容，周围的世界也就会天高云淡，风和日丽。走自己的路让别人说去吧！

第二辑
　　在苦难中认识自我

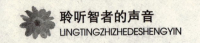
坚强的凌霄花

　　凌霄花的名字多多。凌霄花又名紫葳、紫葳花、紫葳凌霄花、陵时花等。

　　凌霄花的生命力很强，它可以在春天用硬枝扦插，夏天压条或用根分株播种繁殖。播种繁殖后的幼苗应该想办法及时遮荫，每年需要冬剪，去除过干的枯枝。花前追肥水，可促其叶茂花繁。在小小的灌木丛中，在偏僻的墙角旮旯儿，均可见凌霄花枝俏。凌霄生性强健，阴湿叶亦繁，能耐干旱，而且在盐碱贫瘠的土壤中也能正常生长，它像菊花一样不怕霜打风吹，很有耐寒力。

　　到了第二年春天，凌霄的藤蔓上长出一堆儿又一堆儿的叶子。到了金秋就开始孕育花蕾，又经几场朝露，花蕾由原来的小圆形慢慢长大，由原来的绿色渐渐地变为红色。进入深秋竟开出了三朵小红花，艳丽极了。看着三朵花慢慢地绽开，我的心里像是吃了蜜一样。原来，只要是认真去对待自己喜欢的东西，那么它就会像凌霄树一样会献花报恩。

　　到了第三年春天，凌霄的根旁又长出了三根向上的枝条，蓬勃向上。于是，便让它与靠在墙角边的一道篱笆一起加固结缘。也许是凌霄找到了靠山，它就越长越高，花也越开越漂亮。

　　这凌霄花虽然没有牡丹花、月季花那样硕大，也没有菊花的品种那么繁多，但就是这些幽香的红色，也能点缀这深秋的画面了。瞧，一堆儿的花朵连成一片，在太阳的照耀下如同一片片的姜色红云落在小园里，显得格外鲜艳夺目。

有了凌霄花，才知道它的花期特别长，最长的时间开一个半月还多。它的花开得有先有后，像接力棒一样，一个接一个不会掉。当先开的花儿落了下去，又在原来的地方绽放出新的花蕾，新旧花蕾在不断的更迭中变换。只要看到它最后的花朵，就知道冬天即将到来，有时雪花飘得早，它们还在开，所以唤它为凌霄是最形象不过了。

自从我家小园里有了凌霄花，绿叶花枝伸展，一簇簇桔红色的喇叭花缀于枝头，迎风飘舞，格外逗人喜爱。有小鸟在叶缝和藤上钻进钻出，深秋的阳光下也有了蝴蝶纷飞翩翩起舞，也有蜜蜂不怕路远赶来采蜜的，它们的歌声给农家小园顿添生气。这情景，如花鸟画家笔下的一幅娴雅的工笔画。

更让人想不到的是凌霄花竟然还将藤蔓伸到老屋的木栅窗里，开出了绚丽的花儿，格外逗人喜爱，乡宅因有了它更加漂亮非凡。如果到了夜晚，在灯光或者清亮的月光交融下去欣赏凌霄花，只见枝条柔弱处，飘落下几朵花来，散在地上。没有凋落的凄楚，有的是那样的艳丽。那一树的凌霄花，竟然在没有人管理的状态下也能自然地开开落落，开得真是生机勃勃，美不胜收，更加美丽动人。

凌霄也很通人心，可寓意为慈母之爱。如果与冬青、樱草一起结成花束赠与母亲，就是表达对母亲的热爱之情。记得老家的凌霄后来一直由母亲照看，夏遮荫凉秋放花，母亲和凌霄也有了养护的感情。记得母亲仙逝那一年，从母亲突然病倒那天开始，老家的凌霄就莫名其妙地脱落了叶子，而且那年秋天没有开花，直到第二年春天，凌霄才重新长出新叶。被人们称之为奇特的尊母树，这是巧合还是什么？至今成为我心中解不开的迷。

时间总是像流水一样，一晃离开家乡已经二十多年，老家的凌霄长得更加粗壮了，老枝长新叶，老树开新花。看似老态龙钟的树条仍然互相依偎地缠绕在一起，依然绽放出美丽的花朵，好似一幅美丽的画。

当又一个深秋来临时，当火红色的凌霄花举着旗帜探出翠绿色的叶来，当它们轻盈的身子在凉风中舞动时，我的眼前看到了凌霄不断攀登向上的坚韧不拔的风格。它们抱石临湖，它们攀树向上，它们每到一处都是忠诚的见证，只要能够生存就会勇敢前进，它的这种精神犹如其生

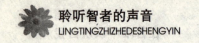
命的绿。

凌霄花，你悠悠地开吧，当你开着花吹着喇叭告诉我冬天严寒的时候，我会又一次走近你，轻轻地对你说："坚强美丽的花神！"

深秋，是万物凋零的季节。虽然尚有梅花、菊花等傲然绽放，但人们还是忽略了一种花——凌霄花。凌霄花树长得很高大，树身比古老的紫藤还粗。它们所生长的地方，并不像梅花或者菊花的环境那么美好，而是在怪石嶙峋中点缀着深秋的寂寥。

 画龙点睛

　　凌霄花，是一种坚强而又富有魅力的花。它的魅力在于，虽它出身于寒微和逆境之中，却以极大的顽强奋斗精神为自己博得了一片生存空间，毫不抱怨，毫不气馁，用自己的美丽来装点着养育自己的世界。愿我们都做凌霄，减少些许抱怨，减少些许索求，努力为这个世界展现自己的风采。

梅花香自苦寒来

  窗外，园子里的小寒梅仍然还开着小红花，花儿红艳艳的好看极了，吸引了四周的邻居，大家围在一起，不时传来"啧啧"称奇的声音。望着春风中的小寒梅，我记忆的闸门迅速打开。

  那是去年十月初的天气，我和朋友来到郊区附近的花木市场参观。花卉市场里各种花卉，草本和木本应有尽有，我们看到了月季、蔷薇、石榴、金桔和橘子树等等，真是大开眼界。

  在一个拐弯处，一群人正围着几盆像是石榴一样的植物在议论，都在说这植物好像没见过。摊主见大家只观不买，似乎有点着急了，连忙介绍花盆里的那二尺余高的绿色植物。从女主人的介绍中，我们知道了它的名字叫小寒梅，是从大山里选育的一种木本花卉，外形似小石榴，其实它们是一种不怕冰雪寒冷的梅花，它们在冬天里也能像腊梅一样开花，一直可以开到春天，具有寒梅与春梅的特点。听女主人似诗般的介绍，我心动了，一问价格，每盆是二十元。

  我就动手搬了一盆，朋友见我买了，也搬了一盆。旁边的其他几个人见了，也俯身搬了几盆，大家都把小寒梅带回了家。小寒梅放在车上，在汽车的微微抖动声中晃动着小叶子，看上去很有美的灵动感。

  把小寒梅种在泥土里，它很快适应了，葱绿色的叶子迎风摇曳，干旱了就给它浇点水，再施了一点营养肥。每天早晨一开门，第一件事情就是去看看园子里的小寒梅，看它长得怎么样。这样的举动只要我在家时，都会成为每天生活中的一桩事情，日子长了就又成为了习惯。时年

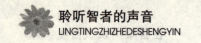

十月中旬，我从外面出差回到家已近傍晚，一放下包就去看看小园里的那棵小寒梅。

小寒梅到了十月底就正式开花了，它开的花很奇特，是从根部的枝丫上首先开的花，红色的花苞一睁开眼睛就变成微白色的了。花是五瓣的，二瓣重叠在一起开放，小小的、微微的。它不像樱花和桃花，不像石榴花和春天的梅花，而是很独特的小花。邻居们见了，都像观看西洋镜似的，赞美它小巧玲珑、别有风采。

花从宝塔形的枝丫向上伸延。转眼之间进入了严冬，广袤的大地立刻浸沉在寒冷的冬季之中，直到天气进入了"数九寒天"。"墙角数枝梅，凌寒独自开。遥知不是雪，为有暗香来。"小寒梅却仍然傲霜斗雪地盛开，而且在冬季里还在继续长花苞。这小寒梅真是"巾帼不让须眉"，它敢和旁边的冬青、香樟比赛，严寒也摧不倒它！

下大雪的时候，小寒梅仍然盛开着耀眼夺目的花朵。踏雪赏梅，乐趣无穷。这样的花一直开呀开。它飒爽英姿、含笑甜腻、傲然芬芳，没有一丝怯懦，没有一丝畏惧，不管风霜雨雪依然兀立，在开放中迎接春天的到来。到了春节，小寒梅依旧在孕育着小小的花骨朵，一点也没有想休息一下的样子。

常常漫步在梅花树旁，缕缕清香若有若无地浮散在风中，沁人心脾。小寒梅的花盛开在枝头，花朵清幽妩媚、娇妍含羞、婀娜多姿。它们有时红得如朝霞，有时又像成熟的姑娘透着成熟的风韵，柔情似水。它的花瓣重重叠叠，层层绕着花蕊，清丽温婉中透着冰洁与傲气。细品梅花，或微笑或含露，姿态各异、美不胜收，让人目不暇接。赏梅花又像是在观赏牡丹一样，如果配以特别的天气，如淡阴、薄雨、轻烟、佳月、夕阳、微雪等时光，会是更加高雅、魅力无限。

小园一角的小寒梅它既传承了腊梅和梅花的品格，又融冷梅和春梅生活的习性于一体，被村人叫做长寒梅和半年梅，因为它的花期如此之长令人欣喜，这为喜欢梅花的我的心中又平添了一份快乐。

是的，小寒梅的韵致是高雅清幽的，拾起在春风里落下的几片小寒梅花瓣，忽如春的神韵又被打开，眼前的梅花就像冬天和春天合编诗集中的序言，芳香四溢。在冬天与春天的季节里牵手闪亮无限的神奇，把凝成的彩色风景带给人间。

其实，人生如同这株小寒梅一样。生命的辉煌总是归结于长期的执著和奋斗，归结于长期的默默无闻和积累，只有懂得这一过程中的生活哲理，才能懂得自己生命的精彩！小寒梅盛开着的美丽是属于人间的，它的每一天精彩都是伴着新生命的旅程开放！

 画龙点睛

梅花点缀了秋天的萧条，更向寒冬宣示了其誓不低头的高贵品质。我们的人生遇到寒冬之时，如能像寒梅一样傲然伫立，也算是一种高深的修为了。

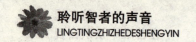

谁也阻挡不了飞翔的心

　　望着天空，记得百花初现时，曾照彩云归。当时，一切依旧，而今"物是人非事事休"。心中有一个念想，它一直想要喷薄而出，它一次又一次地对我说："飞翔吧，哪怕翅膀断了。"

　　记得有一次学校举行活动，到了放学时，突然下起了大雨，眼看着别的同学已经被自己的父母接走了，而我依旧站在原位，心中有了一股不知名的念想，是在期盼着什么？当看门的爷爷过来问我话时，我才知道，学校的学生大部分都走了，这是多么的凄凉。

　　我冒雨向家走去，一路上我一直在为父母找借口：说他们是有事才不来学校接我的。回到家后，我没有理会父母的话语，便躺在床上，昏昏欲睡。我想了很多：人生难免会遇到挫折，但是我们还是要坚强地生活，因为只有战胜了挫折，我们才能获得成功！这天晚上，我做了一个梦。

　　我梦到一个白胡子老人对我说："孩子，飞翔吧！其实人生中有很多的挫折，只要你战胜了它，就会成功的。飞翔吧，孩子，哪怕翅膀断了也不要怕，有那么多的亲人和朋友在你的身边，他们关心你，爱护你，也许在这条道路上，你有些害怕，但是你想一想那么多的伟人，他们是怎么过来的。人生难免会遇到挫折，不管怎样，我们还是要坚强地生活。"说完白胡子老人就消失了。

　　梦醒后，我明白了很多道理，我是该飞翔了，我不能再躲避了，父母是我的港湾，但是有一天，他们会离开，我还是得学会飞翔。我一直坚信，我是一只小小鸟，哪怕摔断了翅膀，我也要飞翔；我一直坚信，我会胜利，我会战胜挫折，这个念想，从未改变过，这一切的念想、这一切的一切将会实现！

记得当初那棵稚嫩的小树苗，终有一天它会长成参天大树。是啊，多么的美好！我一直告诫自己：

飞翔吧，哪怕翅膀断了，我也要飞，谁也挡不住我那颗飞翔的心！

人生在奋斗的历程上，随时都可能遇到挫折和伤害。当我们被生活的荆棘刺得遍体鳞伤的时候，要坚信自己一定能够冲破这些障碍。只要有心，什么也阻挡不了飞翔的欲望。

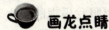 **画龙点睛**

飞翔，是我们的梦想；怕受伤害，是我们的常态。努力飞翔，直到抵达人生成功的彼岸，不管受到什么伤害，都不要躲避，强者注定要接受风雨的洗礼。

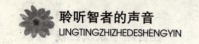

苦难是门必须课

许多了解我人生经历和现状的朋友常常对我说，佩服我乐观的人生态度和豁达的性格。对此，我总是一笑了之。

对于大多数人而言，似乎像我这般经历了诸多人生磨难之后，面对一段轮椅上的残生，确实再难找到快乐的理由了。而我，非贤非圣，自然也难以从人生的桎梏中逃脱。某些夜晚，我也常常会被现实的残酷及未来的渺茫所击败，不由得黯然神伤。

然而，那只是为数不多的一些夜晚。一觉醒来，看到窗前阳光明媚，听着窗外鸟鸣啁啾，昨夜的些许伤感便烟消云散，心情也云淡风轻起来。世界依然美好，生活依然在继续，苦难也好，烦恼也罢，只不过是人生路上的一处风景。或许，这处风景有着诸多的不如意，但走过了，也就走过了，没有必要总是耿耿于怀，铭记心头，让它影响了欣赏前方风景的心情。

文殊菩萨对他的弟子开示说："有一个制作陶器的人，用同一种泥制造了许多陶器，用同一种火来烧制这些陶器，他采用的是同一种工艺同一种材质，烧出了同样的陶器，然而，这些陶器的作用却各不相同，有的被用来装蜂蜜，而有的却被用来当了尿罐。"

完全相同的一件器具，其结果何以相差如此？其原因是使用者不同，相对使用的方式就截然不同。

苦难之于人生亦然。很多人把苦难真的当成了苦难，终日徘徊其中不肯走出。于是，旧的苦难还未曾化解，新的苦难又接踵而来，苦难越积越厚，越积越重，最后便积成一座大山压在了这些人的脊梁上。结果，要么被这座山压死，要么就背着这座山走下去，直到压垮，趴在原地，再难挪动分毫。

相反，有的人却把苦难当成一种磨砺，当成一种智慧的提炼，当成一种对人生的启悟，他经过苦难，然后从中走出来，便看到了一片湛蓝的天空。

这个世界有太多不如意在等着我们，刚刚送走了爱情的烦恼，又迎来了孩子的困扰；刚刚闯过了住房的关口，又踏进了工作的迷城。生活似乎永远动荡不安，人生似乎处处皆是烦恼，如果我们揪住一道伤口不放自怜自艾不休，不肯给它愈合的机会，那样，只能换回更多的伤口加诸己身，直到有一天，血流尽了，对疼痛的忍耐也到了极限，我们要么疯掉，要么死亡。

作为一个俗人，完全超脱或许非我们能力所及。但是，适当的超脱却是人生的必须。那是一次和解、一缕释然、一种超越、一份旷达，是生命的坚忍，是天人的交融，是生的艺术，也是活的艺术，这便是——生活。

 画龙点睛

　　对于一般人来说，苦难是一块磨刀石，磨砺我们的性格。在一次次的打磨和历练中，它让我们逐渐成长起来，抵达人生的彼岸。

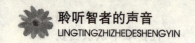
风雨总会走过的

　　人生难免有风雨，但只要走过风雨，就是晴天。我们要学会在喧嚣的尘世中保持一颗平常心，在拥挤的人生道路上保持一副微笑的面孔。

　　我们每个人都希望成功，而在寻找成功的道路上，却逃避不了挫折，犹如古人云："欲渡黄河冰塞川，将登太行雪满山。"要想取得成功，就必须战胜挫折。

　　人生谁能没有挫折？就像人要学会走路一样，得摔过跤，而且只有经过摔跤才能学会走路。挫折可以毁灭一个人，也能造就一个人。有人害怕挫折，因此不敢去追求成功，这是弱者。在弱者面前，挫折就是颠覆生活之舟的波涛，波涛越大，他就越容易被吞噬。但是我相信，每个向往成功的人都不希望自己是弱者。那么，作为一个强者，就不应该因为沮丧而停止追求，我们应该振作起来，向挫折挑战。

　　马克思说过："世界上没有永远平坦的大路，只有不畏劳苦沿着陡峭山路攀登的人才会有希望达到光辉的顶点。"面对挫折，如果我们不希望总是愁眉不展，就要正视而不回避，超越而不包围，我们应该把这个信念作为去战胜挫折的强大动力，从挫折中重新站起来。只有这样才能不断地追求品尝成功的喜悦。一次挫折并不代表永远的失败，只要敢于战胜自己，成功的大门一样会为你打开。

　　人的生命似洪水在奔流，不遇到高山与暗礁难以激起美丽的浪花。可见，要想成功就必须尝试挫折，而只有战胜挫折，才能取得成功。

　　朋友，让我们在今后的人生道路上不断战胜挫折，走向辉煌的明天吧!

　　其实，经历风雨也是一种幸福，它会使我们愈加成熟，愈加自信，脚步更加稳健。

　　风雨来了，怎么办？有些人也许会很恐惧，可是又不得不面对。恐惧之心，大概来自于一种对风雨的误解，总是认为风雨是永远的，自己看不到太阳和蓝天。

 画龙点睛

　　一时的挫败，并不代表永远，风雨也是一样。即便是如瓢泼大雨，只要经历过，我们就会看到更蓝的天空，更绚丽的阳光。走过风雨，就是走过挫折和失败，经历过这些的人，就会更加自信，生命在自信中才会逐渐升华。

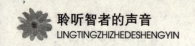

活出另一种价值

　　五一节那天，我有幸欣赏到一台特殊而又精彩的演出。说它特殊，是因为十来位演员都是侏儒症患者；说它精彩，是因为演员的专业水平的确令人眼前一亮。这群特殊的演员在舞台上载歌载舞，神情自若，气定神闲，没有丝毫做作。他们说来这演出的目的有两个：一个是用自己的行动激励那些和自己有着同样遭遇的朋友，希望他们能勇敢、乐观地面对生活；另一个是他们要向世人证明自己有能力自食其力，不需要世人的同情和怜悯，需要的是平等和尊重。为此，他们不知挥洒了多少汗水和心血，遭受了多少歧视和侮辱，而今，他们终于敢站上这个舞台，放声歌唱，尽情曼舞。虽然，他们没有宽敞而华丽的舞台，没有耀眼夺目的服装，更没有绚丽多彩的灯光设计。但这些对他们来说都不重要，重要的是他们战胜了心灵的创伤，找到了生活的目标，实现了人生的价值。仅凭这些，就值得为他们擂鼓助威，摇旗呐喊。

　　我忽然又想起了前几年在东莞市长安镇广场看到的一幕：一位下肢瘫痪的中年男子用一盒彩色粉笔在地上画了一幅长约五米，宽约三米的《蒙娜丽莎的微笑》的画像。那画画得惟妙惟肖、栩栩如生，吸引了不少路人驻足观看。在中年男子的行囊边上有一张轮椅和一个破旧的小塑料桶，桶里面装了些一元到五十元不等的零钱。可他从没有挪动过那个桶，更没有向围观者乞求施舍，只是全神贯注地画他的画。可即使是这样，围观者还是很自觉地投些零钱到桶里。是可怜他吗？我想不是，是被这位中年男子高超的画画技能所折服了，是被中年人身残志坚的精神所倾倒，更是被中年人笑对人生的生活态度所感染。

后来，这位中年画家的事迹被人拍成视频放到互联网上，大家才知道，他以前是一位优秀的中学美术教师，后来因为一次车祸失去了双腿。原本美好而光明的前途一下子变得黯淡无光。当时，他无法接受这个残酷的现实，甚至有过轻生的念头。后来，一个偶然的机会，他在电视上看到一些残疾人凭借自己的努力，身残志坚，创造出了不平凡的事迹。于是，他也产生了用自己的特长创造奇迹，激励更多残疾朋友走出困境的想法——凭一盒彩色粉笔，游遍全中国。

一路走来，他虽然历尽艰辛，饱受磨难，但是也开阔了眼界，结交了许多有爱心的朋友。这些经历是他人生的财富，会伴随他一生，激励着他勇往直前。更重要的是，经过历练，他的人生修为达到了一个新的境界：他觉得自己不再是为生存而活，也不再是为自己而活。他已经把自己和这个社会完全融为一体。现在，他已经游遍了大半个中国了，而且还将一如既往地走下去。一个简单的行囊，一辆轮椅就是他的全部家当。来时无声无息，走时了无牵挂。

这些残疾人经受了人生的大喜大悲，感受了世间的人情冷暖，但他们依然有目标，有抱负。他们活出了生命的真谛，在他们残缺的身体里有一个伟岸的灵魂。这样的人，我们有什么理由不尊重呢？

在这些人面前，我忽然觉得自己虽然身材高大、四肢健全，但内心却是那样的渺小和脆弱。

身残并不可怕，可怕的是志残。世界上拥有一副完美身体的人，有的却拥有一颗残缺不全的心脏，在经历痛苦和不幸之后就一蹶不振，倒地不起。而在文中，这些身体伤残的人，却拥有正常人所没有的强大内心。他们并不在意别人的眼光，并不认为自己低人一等，反而能做出一些常人所不能的事情。

 画龙点睛

只能说他们的心够坚强，他们的灵魂够伟大，他们的志向够高远。这样的人怎么能不让我们汗颜，我们又有什么理由颓废下去呢？

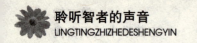

记得要坚强

　　不论遇到什么事，告诉自己要坚强——不掉泪的坚强。杜拉拉曾说过："不坚强，又能软弱给谁看。"是啊，在现在的世界里，软弱只会让自己看起来愈加可怜。真正关心你的人，会真的担心你、关心你，可是真正关心你的人又能有几个？你的软弱只会让身边的人受不了，比如一碰到烦心事，你就摆着一张苦瓜脸，你身边的人不会去在乎你碰到的事，只会觉得你很烦人。所以，有些时候该伪装的还是得伪装。

　　天塌下来，有比你高的人顶着，所以不要总拉长着一张脸，生活并不欠你什么。好彩妹言道："笑口常开，好彩自然来。"这话就很好啊，很多事其实看淡就好了，不必太在意。

　　人生不如意十有八九。

　　坚强，要有颗坚不可摧的强大内心，想让自己不受伤，那么我们就需要有那么一面墙，谁都保护不了谁，只能自己保护自己。

　　无论如何失意，千万别失去你自己。

　　我们不能保证事事顺心，但可以做到坦然面对、该放则放。不要把一些垃圾思想总堆在心里，把乌云总布在脸上，把牢骚总挂在嘴边，否则你自己会一直是个倒霉鬼，你周围的人也会渐渐地远离你。胡国敏说：如果不想受苦就要变坚强。无论遇到什么事情都要有不掉泪的坚强。

　　告诉自己，不论遇到什么事，都不能哭，要坚强。生活的道路不可能没有坎坷，不论遇到什么事，记得要坚强！

　　人总是有自我保护的心理的。很多人都期盼自己不要受伤，都祈祷别人不要伤害自己。其实，最好的防护手段，就是加强自己的内心承受力，只要足够坚强，谁也伤害不了你。

 画龙点睛

　　我们的心灵是脆弱的，让它避免受到伤害的方法并不是远离伤害，因为我们不可能远离所有的伤害，除非我们离开这个世界。因此，我们要勇敢地面对伤害，用坚强的盾牌来阻挡外界对心灵的伤害。当你足够坚强时，世上的一切，便都是浮云了。

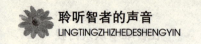

在逆境中生存

　　阳春三月，万物争春，正是踏青的好时节。恰巧，有老同学邀我去爬山，于是我便欣然前往。

　　刚到山脚，一阵阵带着青草味和泥土气息的空气就钻入我的鼻孔，令人精神为之一振。连我这个久居此地的人也感觉全身注入了能量，充满了活力。在繁忙的都市呆久了的城里人，更是渴望回归大自然。每到周末，湾里就成了都市人假期心驰神往的地方。他们轻装简行，从四面八方纷至沓来，给这寂静的大山增添了无穷的活力。

　　我们沿着一条崎岖不平的山路向上攀登。原以为山路曲径通幽，不会有多少行人，可出乎意料的是，一路上，上下山的游客是络绎不绝。有热情洋溢的学生，大腹便便的中年人，也不乏年过花甲的老年人。上山者个个精神饱满，活力四射。下山者虽然是汗流浃背，略显疲态，但是轻松和快乐跃然脸上。

　　山路崎岖且有点陡，给登山者增添了不少的麻烦。我们一路走一路聊，倒也不觉得很累。有时候碰到其他人群，也会相互聊上几句。在大自然的怀抱里，似乎一切都变得亲切、友善了。

　　约摸行了半小时，大伙儿稍显疲惫，便找一块大石头小憩一下。这时候，我才有功夫认真地欣赏周围的风景。我忽然觉察一路走来，周围的灌木和杂草长得并没有想象中的茂盛。倒是这山上的树木比山脚下的树要高大挺拔得多。山上的树棵棵笔直向上，直插云霄，且少有旁枝。只是到了主干的顶端才长出些枝节，虽然枝干不是很多，但也是枝叶茂盛。

　　我仔细揣摩其中缘由，终于明白了其中的原因。由于山上树木栽种的密度比较大，树与树之间的间隔非常小，树枝横向伸展的空间受到限制——只能向上延伸了。这时候，茂密的树叶早已是遮天蔽日，浓荫华盖，即使外面艳阳高照，走在山间小路上却是阴凉舒适。这些树要想获取更多的阳光雨露，就必须一个劲的向上生长。越是到后来，争夺就越激烈、越残酷。为了生存，它们只能把全部的精力和能量都集中在向上延伸上，自然也就无暇，也没有能力再去节外生枝了。这也就是为什么这些树顶端异常茂盛，而下面没有旁枝的原因了。在期间，有几棵稍矮些的树因为缺少阳光，早已经枯死了。这令我心生震撼，没想到在这平静祥和的大自然里，竞争也是如此的激烈。

　　不过，细细想来，这些生长在大山里的树木，虽然要为了数点阳光而拼尽全力地生长，但是数年之后却成就了它们铁干虬枝、根基弥深、高大挺拔的栋梁形象。虽然它们没有马路两旁的树木枝繁叶茂、婀娜多姿，却比马路边上的树木更有坚忍不拔的生命力和可贵的经济价值；虽然它们没有公园里的鲜花耀眼夺目、妖艳多彩，却比鲜花更加令人昂首观之、肃然起敬。

　　"物竞天择，适者生存。"其实人也是一样。在逆境中成长的人，为了生存，会想方设法提高自己适应环境的能力，锻炼出自强不息的意志品质，一旦时机成熟，必将大展宏图，成为争相抢夺的人才；而那些在舒适、安逸的生活环境中成长的人，他们缺乏竞争意识，缺少应对困难的能力，适应环境的速度和把握时局的能力和前者比起来更是望其项背。他们在竞争日趋激烈的社会大潮中四处碰壁，举步维艰，稍有不慎就会成为社会的淘汰品。

　　同学的催促声打断了我的思路，我们继续向着山顶攀登。不知怎么回事，我忽然变得身形轻巧，步伐轻快起来，不知疲惫地向着山顶攀登。

　　竞争，无处不在。无论人类社会还是自然界，竞争已经跟随我们进行了几万年。竞争是残酷的，它所不变的法律就是"适者生存"，不适应的自然要被淘汰。

画龙点睛

　　我们所处的环境是客观存在的，它不会因人的意志而转移。我们在环境面前是弱小的，没办法改变，只能去适应。真正适应环境的人，才能在严酷的竞争环境下生存下来。比如生存在北极圈里的爱斯基摩人，就适应了寒冷，而赤道附近的人则适应了炎热，如果二者调换，后果可想而知。所以，适者生存是铁律，适用于各个领域，人生也是一样。

选择悬崖

在非洲草原上，常常有这样一幕令人吃惊的画面。

当一只幼羚羊刚刚能够飞奔时，在猎豹和雄狮的紧紧追逐下，那些成年羚羊往往引领着小羚羊们箭一般地奔出平坦的开阔地，然后引领着幼羚羊们奔向险峻的山岭。

动物学家们惊讶地发现，羚羊们逃命的山岭往往是附近最陡峭，悬崖最多的山岭，尤其是那些陡峭的山崖，那里往往是羚羊们逃生的首选之地。每当猎豹和雄狮气势汹汹地追来时，领头的羚羊会在一瞬间一跃而起，它每每果断地引领着羚羊们的浩荡队伍，避开重重拦截，向距离最近的山峰奔去。其实，一只成年的壮羚羊如果在草原上飞奔起来，那些快如闪电的猎豹和雄狮也是很难追上的，它矫健地在草原上左右盘旋，就是跑得最快的猎豹也常常对它望尘莫及。

那么，羚羊们为什么会在生死攸关的时候却给自己选择一片悬崖呢？当一只幼羚羊刚刚学会在大草原上飞跑时，由于奔跑的强度不大，它的腹肌并没有被最大化的拉开，所以，即使它撒开四蹄拼命奔跑，它奔跑的步幅也不过是三米左右。但当一只幼羚羊在猎豹和雄狮的疯狂追逐下，被成年羚羊引领上峰顶，在前无生路面对悬崖时，在后边猎豹和雄狮的一步步虎视眈眈逼近下，成年羚羊悲壮地舍命一跃中，那些幼羚羊也都会悲壮地攒下自己所有的力量，像一张彻底拉满的弓，然后毁灭性地拼命一跃，让自己从悬崖上箭一样地射出去。幸运的羚羊，它们会跃过深渊，跳到对面的山坡或峰顶上，那些不幸的羚羊，它们就会跃落

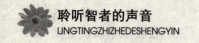
到渊底。那些把羚羊们逼上悬崖的猎豹和雄狮，基于自己的身躯太过庞大和沉重，面对那些奋身一跃的羚羊，它们往往束手无策，空手而归。

最大的不同是，经过跃崖的幼羚羊们，在刚刚跃崖后，它们的腹肌都有不同程度的拉伤，但拉伤很快恢复后，它们飞奔的步幅明显增长了，差不多可以达到近四米。这样的步幅，就是在草原上飞奔起来，雄狮和猎豹们也往往是望尘莫及的。

而此时动物学家终于明白羚羊们给自己一片悬崖的目的了。

 画龙点睛

　　给自己一片悬崖，给自己的命运一片悬崖，绝地往往可让你重生，会给生命创造出神话和奇迹。经历了命运的悬崖，你会更加的坚强与充满勇气地去面对生活中的任何事情。

如果你身处逆境

　　我的一个同学曾经扬眉吐气地给我讲了他的一段经历。他说："我读高中的时候，那所学校一点名气也没有，每年大概也就只能出几个本科生。在距离高考还有几个月的时候，学校决定把那些有可能考上大学的学生集中到一起进行辅导，我那个班有三名同学名列其中。于是在我们班，老师只对那三名同学好，见到他们就微笑，辅导的时候也耐心细致地讲解，而其他同学问问题的时候，总是概括性地讲几句就了事，管你听没听懂。许多同学都心灰意冷，认为自己没希望了，还被老师看不起，于是就整天混日子，上课看武侠、聊天、睡觉。我成绩一般，当然也就没被选上。但我想，我的父母是农民，他们含辛茹苦、日夜操劳地供我读书，为的就是让我考上大学，跳出农门。难道我就考不上大学了吗？那我父母的心血不就白费了吗？我不愿意接受这个事实，我更不愿意辜负我的父母，于是我就暗下决心，更加刻苦地学习，考上大学。你知道我有多刻苦吗？教室里其他的人都走了，我还不走；寝室里其他同学都睡了，我的床上还亮着烛光；别人还在美梦里，我已经在教室里了。那段时间我整个人都瘦了一圈。高考成绩公布后，出乎老师们意料之外的是，我那个班就我一个人上了本科分数线。同学们也都用吃惊的眼光看着我，我知道，他们都不晓得我是怎么样过来的。

　　看着同学们那羡慕的眼神，我就想：除了那三名同学之外，其他的同学身处同一环境，为什么有的自甘堕落，萎靡不振，有的却能忍辱负重，出类拔萃呢？有的人总是埋怨自己没考上好的大学，没找到好的工

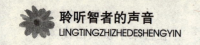
作，没有天赋，没有背景，我觉得这是在浪费时间，浪费精神。到底是顺境还是逆境更容易造就人才，这已经显得并不重要。重要的是，如果你身处逆境，你会怎么做？

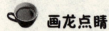 **画龙点睛**

在逆境中，我们应该迎头向上，不畏艰辛，积极进取。哪一颗名贵的珍珠没有经过千沙万砾的沉淀？哪一粒纯粹的金沙没有经过千筛万选的淘洗？身处逆境，我们要勇于在荆棘丛生的磨难中有所作为，要勇于在艰难险阻中站立不倒。

在苦难中涅槃

　　我最近认识了一个朋友，是个农民，他做过木匠，干过泥瓦工，收过破烂，卖过煤球，在感情上曾经受到过致命的欺骗，还打过一场长达三年之久的麻烦官司。现在他独自闯荡在一个又一个城市里，做着各种各样的活计，居无定所，四处飘荡，经济上也没有任何保障。看起来仍然像一个农民，但是他与乡村里的农民不同的是，他虽然也是日出而作，但是却不是日落而息——他非常热爱文学，写下了许多清澈纯净的诗歌。每当我读到他的诗歌，都觉得感动，同时也很惊奇。

　　"你有这么复杂的经历，怎么还会写出这么柔情的作品呢？"我曾经问过他，"有时候我读你的作品总有一种感觉，觉得只有初恋的人才能写得出。"

　　"那你认为我应该写什么样的作品呢？《罪与罚》吗？"他笑着说。

　　"起码应当比你这些作品沉重和黯淡一些。"

　　他笑了，说："我是在农村长大的，农村人家家都储粪。小时候，每当碰到别人往地里送粪的时候，我都会掩鼻而过。那时我觉得很奇怪，这么臭这么脏的东西，怎么就可以使庄稼长得更壮实呢？后来，经历了这么多事以后，我却发现自己并没有学坏，也没有堕落，甚至连麻木也没有，就完全明白了粪和庄稼的关系。"

　　我看着他，他这是想做一个什么样的比喻呢？

　　"粪便是脏臭的，如果你把它一直储存在粪池里，它就会一直那么脏臭下去；但是一旦它遇到土地，情况就会变得不一样了，它和深厚的

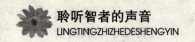

土地结合，就成了一种有益的肥料。对于一个人，苦难也是这样。如果你把苦难只视为苦难，那它真的就只是苦难；但是如果你让它与你精神世界里最广阔的那片土地去结合，它就会成为一种宝贵的营养，让你在苦难中如凤凰涅槃，体会到特别的甘甜和美好。"

后来，我把他的一首小诗抄录了下来，作为自己的座右铭：

我健康的赤足是一面清脆的小鼓

在这个雨季敲打着春天的胸脯

没有华丽的鞋子又有什么关系啊

谁说此刻的我不够幸福

 画龙点睛

土地转化了粪便的性质，他的心灵也同样转化了苦难的流向。在这样的转化中，每一场沧桑都成为了他唇间的沥酒，每一道沟坎都成为了他诗句的花瓣。他的文字里那些明亮的妩媚原来是那样深情、隽永，因为这中间的每一笔每一画都是他踏破苦难的履痕。他让苦难芬芳，他让苦难醉透，能够这样生活的人，多么让人钦羡。

做颗坚强的豆子

小学生忧虑自己考不好会受到爸爸妈妈的训斥，中学生忧虑自己考不好会上不了好的大学，将来的生活出路就会受到威胁。等到你长大了，又忧虑自己找不到好的工作，没有一个好的对象；等到你有了小孩，又要忧虑孩子的吃喝拉撒睡；孩子大了，你又要忧虑孩子上学学习成绩不好。唉！人的一生就是这样在忧虑中度过，这是一个多么沉重的精神负担呀！无形之中给自己套上了一个精神枷锁，使你整天活在忧虑之中，忙完这样，忙那样。

20世纪60年代，意大利一个康复旅行团在医生的带领下去奥地利旅行。在参观当地一位名人的私人城堡时，那位名人亲自出来接待。他虽然已经80高龄，但依旧精神焕发、风趣幽默。他说："各位客人来这里打算向我学习，真是大错特错，你们应该向我的伙伴们学习。我的狗巴迪不管遭受如何惨痛的欺凌和虐待，都会很快地把痛苦抛到脑后，热情地享受每一根骨头；我的猫赖斯从不为任何事发愁，它如果感到焦虑不安，即使是最轻微的情绪紧张，也会美美地睡一觉，让焦虑消失；我的鸟莫利最懂得忙里偷闲、享受生活，即使树丛里吃的东西很多，它也会吃一会儿就停下来唱唱歌。相比之下，人却总是自寻烦恼，人不是最笨的动物吗？"

有科学家对人的忧虑进行了科学的量化、统计、分析后，结果发现：几乎百分之百的忧虑是毫无必要的。统计发现，40%的忧虑是关于未来的事情，30%的忧虑是关于过去的事情，22%的忧虑来自微不足道

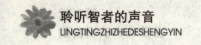

的小事，4%的忧虑来自我们改变不了的事实，剩下4%的忧虑来自那些我们正在做着的事情。

快乐是自找的，烦恼也是自找的。如果你不给自己寻烦恼，别人永远也不可能给你烦恼，所以，每当你忧心忡忡的时候，每当你唉声叹气的时候，不妨把你的烦恼写下来，然后在科学家们的分析中为自己的烦恼归个类：它是属于40%的未来，30%的过去，22%的小事情，4%的无法改变的事实，还是剩下的那一个4%？

聪明的犹太人说："这世界上卖豆子的人应该是最快乐的，因为他们永远不担心豆子卖不出去。假如他们的豆子卖不完，可以拿回家去磨成豆浆，再拿出来卖；如果豆浆卖不成，可以制成豆腐；豆腐卖不成，变硬了，就当豆腐干来卖；豆腐干再卖不出去的话，就腌起来，变成腐乳。还有一种选择：卖豆人把卖不出去的豆子拿回家，加上水让豆子发芽，几天后就可改卖豆芽；豆芽如卖不动，就让它长大些，变成豆苗；如豆苗还是卖不动，再让它长大些，移植到花盆里，当做盆景来卖；如果盆景卖不出去，再把它移植到泥土中去，让它生长，几个月后，它会结出了许多新豆子，一颗豆子现在变成了很多豆子，想想那是多划算的事！"

一颗豆子在遭受冷落的时候，都有无数种精彩选择，何况一个人呢？人至少应该比一颗豆子坚强些吧？那么，你还有什么好忧虑的呢？人活一世，看起来长久，实际上只有三天——昨天、今天、明天。昨天，过去了，不再烦；今天，正在过，不用烦；明天，还没到，烦不着。这样看来，就没有什么是值得你忧虑的了。

 画龙点睛 ....

从犹太人的故事中我们看到了一种积极的心态和主动进取的精神！困难不是就你自己有，而是人人都会遇到的。如果把困难作为一种契机，一种机会，它可以磨炼人的意志，它可以增长人的智慧，它可以提升人的品行，那么我们将为困难唱赞歌。面对困难如果惧怕和逃避，那我们终将一无所获。

父亲的举动

15 岁那年夏天刚刚开始的时候，我做了有生以来最大胆的举动。

那天离放学时间还早，我不顾老师和同学们的百般阻拦，背起书包离开了学校。快到村口时，我把书包毅然扔进路旁的臭水沟里，头也不回地走了。

回到家，爹正在给牛筛草，看见我，愣了愣，问："放学了?"

我在内心里做好了挨打的准备。"不念了。"我说。

"为啥?"爹问。

"听老师讲课像天书。"说完，我盯着爹的手和脚，它们很安静，丝毫看不出有扇耳光和踢屁股的欲望。

"那明儿帮我做活吧。"说这话时，爹连筛草的动作都没停。

我心里的一块巨石落地，真没想到爹会答应得这样痛快。

第二天，天刚蒙蒙亮，我就被爹叫醒了，他让我跟他去锄地。走在晨光熹微的小路上，我有种雄赳赳气昂昂的感觉。可在地里干了一会儿，我的欢实劲就没了。这地实在太硬了，不用力锄刀就进不去。锄了不到 3 条垄，我就两臂酸痛，手掌里起了泡。后来，手掌上的泡都磨破了，露出里面的嫩肉，钻心地疼。好不容易挨到了中午，我疲惫地回到家里。

吃完饭，本以为能睡个午觉，可是爹又扛起锄头，拿着镰刀走了。我只得无奈地跟着，顶着头上白花花的太阳。太阳很毒，爹到了地里就脱去上衣，露出古铜色的皮肤。我也效仿。刚开始微风轻拂，很爽，可是不一会儿,我没经过太阳锤炼的皮肤就被炙烤得火辣辣的疼,一揭一层皮。我只好赶紧穿上衣服,汗水把衣服湿透了,黏腻腻的。整个下午我都在溽热中受煎熬。

终于要回家了,爹像个割草机飞快地割了小山一样的两垛草,他背起了其中一垛。我背另一垛,还没背起来就被压趴下了,我想喊爹,可他早走没影了。我费劲地爬起来,把这垛草连拖带推终于弄回了家。到家时,天已经黑透了。吃完饭,刚要睡觉,爹又叫我和他一起给牛铡草。忙完,快半夜了,我浑身瘫软地扑到炕上,脑袋还没有找到枕头就睡着了……一连许多天都是这样,我被爹支使得像个陀螺,没有一刻停歇。我的身体酸痛,手上和脚上长满了茧,对劳动重新有了更深刻的认识。

学校离我家不远,在干活的间隙,偶尔会听到从学校方向传来的同学们的嬉闹声。我轻叹一口气,如果我不那么轻易地离开学校的话,那么此时在校园里奔跑的人群中应该有我的身影。看我愣怔,爹总会重重地咳起来,提醒我继续干活。

地总算锄完了,我长出了一口气,以为到了农人最潇洒的夏闲时光,我也可以歇歇了。没想到爹套上牛车,让我跟他一起去拉石头。

来到石场,我看到每一块石头都有七八十斤重,且都棱角如刀。见我发愣,爹讥讽说:"光会看,石头是跑不到车上的。"我有些生气,冲动地跑到一块石头前,弯下腰企图搬起它。可我涨红了脸,它却纹丝不动。我不得不重新调整,长出一口气,双手扣住石头底部,然后把整个胸膛都压在上面,持续了十几秒,石头终于离开了地面。我吃力地迈动双脚,把石头送到牛车上,卸去重担,顿觉眼前发黑,嗓子眼发涩。

就这样干了一上午,牛车来来回回不知拉了多少趟。我彻底累垮了,两手血迹斑斑,胸膛和肚皮也被划烂了。爹却看也不看我,只是搬石头和吆喝牛。我心凉如水,爹以前不是这样的,虽然脾气暴躁,可对我还是挺关心的,我就是咳嗽几声,他也要问问。如今,他对我,像对不相干的外人一般。

中午,我是被牛车拉回家的。崎岖的山路,老牛几乎颠散了我的骨头。我饭也没吃,倒在炕上,那种感觉就像是奄奄一息。

下午，爹又套上了牛车，叫我说："走啦，再不走，后半晌就不出活了。"

我没有动。

爹怒吼，满院子都听得见："以后的路长着呢，这一点点累就受不了？"

我眼里含着泪，猛地坐起来。到了山上，我望着满山牛犊子一样的石头，苦笑了一下，我想我也许会死在这里，在太阳落山之前。

结果，我没有熬到太阳落山，在搬第一块大石头时就出事了。我倾尽全力搬起了它，刚刚挪了一小步，就再也抓不住了，脱手时我下意识地把脚往回撤，可左脚慢了点儿，石头砸在了上面，血立刻从鞋里渗出来。这下，爹不能不管了，背着我上了乡卫生院。到了医院，医生扒下我的鞋，里面血肉模糊，我的两根脚趾粉碎性骨折。医生知道出事的原因后，生气地埋怨爹："这么小的孩子你就让他做那么重的活，你是不是他的亲老子？"爹说："土里刨食的孩子，靠体力吃饭，不锻炼哪行？"语气是淡淡的。

听完这话我就哭了。脱鞋和用酒精消毒的时候，我都没哭。可此时，我的眼泪像决堤的洪水，再也抑制不住。我感到悔恨和委屈，我听到自己的身体里有一个声音在喊：我不要过这种土里刨食的日子！

15 岁那年夏天剩余的时光，我是在炕上度过的，在百无聊赖地听了无数遍的鸟叫和蝉鸣后，一个想法逐渐尘埃落定。在秋季学校开学的时候，我对爹说，我要重新上学。爹说，能读好吗？我说，能。

爹再没说什么，掀开柜子递给我一个书包，就是被我扔进村口臭水沟里的那个，不过现在它已经被爹洗干净了。

我背着它，一瘸一拐地重新进入校园。后来，我努力读书，毕业后成了一名光荣的教师。15 岁那年夏天的遭遇让我终生铭记。在以后无数个日子里，我多次想和爹谈谈那个夏天，可是爹已经老了，即使对着他的耳朵大喊，他也会常常听错。关于生命中的那个夏天，只有我独自去体味。

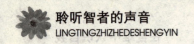

 画龙点睛

　　因为一次事故最终将我的命运改写了，本来一生都要做个农民的我，最终让知识改变了命运。但让我们感慨的却是，贫穷困苦并不可怕，可怕的是缺少了希望。

第三辑
与人交往的艺术

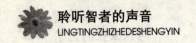

赞美的力量

　　在这个世界上，只有一种方法可以使任何人去做任何事。你是否想过这种方法是什么？它就是让做事之人爱上所做之事。

　　请牢记，除此之外别无他法。

　　当然，你也可以选择用一把手枪抵住他的腰，让他把手表摘下来给你；你也可以用解雇作为威胁，使手下员工与你合作——何时结束这种合作关系完全由你来决定。

　　而我所能为您提供的唯一一种使别人心甘情愿地去做任何事情的方法就是——满足他们的需要。

　　那么，人们究竟需要什么呢？

　　西蒙德·弗洛伊德曾说过，我们做任何事情，都源自两个动机：对性的渴望和做伟人的欲望。

　　作为美国最著名的哲学家之一，约翰·杜威教授的措辞则稍有不同。杜威博士说：在人的天性中，最深切的冲动是"做个重要人物的强烈欲望"。请牢记这句话，它具有极其特殊的意义。在本文中，你将看到许多与此相关的内容。

　　你所需要的又是什么呢？也许你的需求并不多，只有几样——可却是你不断地渴求，希望可以拥有更多的东西。大多数心智正常的成年人都想要以下东西：

　　1. 健康的身体和生命的延续；

　　2. 生存所必需的食物；

3. 睡眠；

4. 金钱，以及那些可以用金钱买到的东西；

5. 长寿；

6. 性的满足；

7. 子女幸福；

8. 一种做重要人物的感觉。

除去一点之外，这其中的任何一个需求都不难满足。我们有一种与渴求食物、睡眠一样迫切，但却很难得到同等满足的东西，那就是弗洛伊德所说的"成为伟人的欲望"，也就是杜威所说的"做重要人物的欲望"。

不久前，我应邀参加了一次桥牌聚会。可是我不会打桥牌，恰好有一位漂亮的女士也不会打，于是，我们便坐在一起聊起天来。她了解到我在汤姆森先生从事广播事业之前，为了帮助汤姆森准备一些有关旅行栏目的演讲内容，曾到欧洲各地去旅行，所以她对我说："啊！卡耐基先生，您是否可以把您游览过的名胜古迹或美景讲给我听呢？"

可当我们在沙发上坐下来的时候，她却提起了她和她的丈夫刚刚从非洲旅行回来的事情。

我说："非洲？那可是一个非常有趣的地方！一直以来我始终想到那片土地去看看，可我除了在阿尔及利亚待过 24 小时以外，便再没有去过非洲的其他地方。快讲讲，你是否看见过有野兽出没的乡村？是吗？多么幸运啊！我实在太羡慕你了！请告诉我一些有关非洲的情形吧！"

接下来，她一直滔滔不绝地讲了整整 45 分钟。她不再问我到过欧洲哪些地方，也不再问我在异地的所见所闻了。事实上，她并不关心我旅行的事情，她所需要的不过是一个专注的倾听者，好让她借此机会讲述自己曾经到过的地方，这样一来便可以使她内心的自豪感不断地膨胀起来。

在日常生活中，与这位女士相似的情形很少见吗？不，其实许多人都是这样的。

例如，我曾经在纽约著名的出版商格利伯的宴会上遇到了一位声名远扬的植物学家。我以前从未与植物学家有过交谈，于是便觉得他有一种极强的个人魅力。我恭恭敬敬地坐在椅子上，倾听着他介绍大麻、改

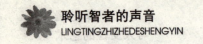
良植物新品种的实验，以及室内花园等。他还向我讲述了许多有关廉价马铃薯的惊人事实。由于我也有一个小型的室内花园，而且也经常会遇到一些问题，因此我向他提出了一些疑惑，他耐心地为我一一作答。

我刚才说过，我们都在宴会上，因此，还有其他的十几位客人也在场。可是，我却违反了所有礼节上的规矩，把那些客人全部抛在脑后，而与这位植物学家谈了几个小时。

到了午夜时分的时候，我起身向大家告辞，这位植物学家也转向宴会主人，对他说了许多关于我的赞美之词。他说我是"最有激励性的人"，最后，还说我是个"最有趣的健谈者"。

一个有趣的健谈者？他为什么会这样称呼我呢？事实上，在这几次的交谈中，我几乎没说什么话。如果我不选择改变话题的话，就算给我机会来说，我也说不出什么来，因为我对植物学方面的知识知之甚少，就像企鹅对解剖学一窍不通一样。不过，请注意，我做了这些事：我专注地倾听对方讲话。而我之所以这样做，是因为我是真的对他的话题产生了兴趣。当然，他也一定察觉到了这一点，而这一点显然让他十分开心。可见，专注地倾听他人讲话就是对他人最好的恭维。

所以，如果你希望自己能够成为一个健谈者，首先要做一个善于倾听的人。正如李大夫所说的那样："如果你想使别人对你产生兴趣，你首先要对别人产生兴趣。"事实上，你可以向他人提出一些他们喜欢回答的问题，激起他们谈下去的兴趣，使他们获得一种成就感。

千万不要忘记，对面那个正在与你交谈的人，对于他自身、他的需求，以及他的问题的关注度，要比对你身上的一切问题所产生的兴趣强一百倍。比如，一个人对脖子上一颗小痣的关注程度要远远超过对非洲四十次地震的关注。

 画龙点睛

爱默生说："我遇见的每一个人，或多或少是我的老师，因为我从他们身上学到了东西。在你每天的生活之旅中，别忘了为人间留下一点赞美的温馨，这一点小火花会燃起友谊的火焰。"与人交往要真诚，不要吝啬你的赞美。

每个人都渴望受到重视

一次，我在纽约三十三街区的一个邮局排队，准备邮寄一封挂号信。我无意间注意到那位负责挂号信的工作人员对自己的工作表现出一副很不耐烦的样子——称信、取邮票、找零、开收据……年复一年地重复着这些单调而乏味的工作。

看到这种情形，我暗自对自己说："我一定要让这个人对我感兴趣。"显然，让他注意我，我就必须与他说一些能够让他感兴趣的话。这话一定不是关于我的，而是关于他的。因此，我问自己："在他身上有哪些东西是值得我称赞的呢？"

有时，这样的问题很难作答，尤其是面对一个陌生人的时候。可是，事有凑巧，我很快就从他身上发现了值得我称赞的地方。这样一来，事情就变得容易多了。

就在他为我称信的时候，我热情地对他说："我真希望能像您一样有一头这么好的头发。"

听了我的话，他有些吃惊地抬起了头，而且脸上还带着一丝由衷的微笑。

"不过，现在没有以前好了。"他很谦虚地说。

我诚恳地对他说："也许它的光泽与从前相比稍差了些，但看上去依然很好。"听了我的话，他显得十分高兴，于是我们便开心地谈了起来。最后，他对我说："许多人都曾称赞过我的头发。"

我敢打赌，他那天吃午餐的时候一定非常开心；他晚上回家后，一

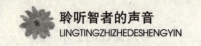

定会开心地把这件事讲给他的妻子听；他甚至会站在镜前欣赏着自己的头发，由衷地说上一句："我的头发多漂亮啊！"

在一次公开场合，我向人们讲述了这件事情。后来，有个人问我："您希望从他那里得到些什么呢？"

我想从他那里得到些什么？我想从他那里得到些什么！如果我们如此自私，做什么事情都有一定的目的，一心只图他人的回报，那么我们就不会给别人带去任何快乐，不会给人任何一句真诚的赞美。如果我们的灵魂如此渺小，那么我们只会得到失败和沮丧，绝不会得到成功和幸福。

没错，我的确想从那个人的身上得到某种东西，要得到某种无价的东西。而且，我也确实得到了——我做了一件让他感到快乐的事情，可是却并不需要他回报什么。这件事给我留下的感受是无法用金钱来衡量的。这件事过去以后，我仍会不时地想起它，而且有一种历久弥新的感受。

在人类的行为之中，有一条至关重要的法则。遵守它，就可以为自己带来快乐和朋友；违反它，我们就会陷入无尽的烦忧之中。

这条法则就是，永远都要使别人找到一种受到重视的感觉。正如约翰·杜威先生所说的："人类的天性中最强烈的渴望就是受到他人的重视。"我也一再指出，拥有这种强烈的愿望正是人类区别于动物的重要特征，也正是这种力量促成了人类文明的产生。

千百年来，哲学家们始终不遗余力地思索着人类关系的准则，终于领悟到一种非常重要的理念。这一理念并非是什么新发明，它一直贯穿于人类历史的整个进程之中。早在3000年前的波斯，两千多年前的中国，以及印度和耶路撒冷等地，先驱者们就已经在传播这种理念了，这就是中国儒家创始人孔子在2400年前所说的："己所不欲，勿施于人；己所欲者，亦施于人。"

 画龙点睛

　　人类的天性中最强烈的渴望就是受到他人的重视，一句很普通的称赞就可以让被称赞的人拥有一整天的好心情。"己所欲者，亦施于人"，让别人觉得他是受重视的，同样，你也会有相应的回报。

生活的艺术

　　生活的艺术，是知道什么时候该抓紧，什么时候该放手。因为生活本身就是矛盾的：它赐给我们很多礼物，但最终还会一一收回。古代学者这样说道："一个人紧握着双拳来到世间，但却张开着双手离开人世。"

　　当然，我们应该紧紧地抓住生活，因为生活是精彩的，每一寸土地都是美丽的。尽管我们知道的确如此，但太多的时候是在回首的那一瞥中，才发现真实的事物，继而，又明白一切都已不复存在。

　　我们还记得消逝的美丽，褪色的爱情。当花朵绽放时，我们却视而不见；当情意缠绵时，我们却置之不理。而当所有的事情都烟消云散之后，我们又重忆起，则更加令我们伤心不已。

　　最近的一次经历又使我体会到了这个真理。由于严重的心脏病，我住院接受了几天治疗，而且还是在特护病房——那个地方真让人不舒服。

　　一天早上，我必须做几项附加检查，而所需的设备在医院另一端的楼里，所以我必须坐着轮椅穿过医院的院子。

　　刚一出病房，我就感受到了直射的阳光。这就是我唯一的感受，仅仅是阳光。然而，它是多么美丽，多么温暖，多么明亮，多么灿烂啊！我看了看周围的人，看他们是否也在享受着这炙热的金色光线，但是每个人都来去匆匆，大部分人都是眼睛盯着地面。随后，我记起平时的我，也是冷漠地对待每一天的精彩，用太多的精力去关注小事，有时甚

69

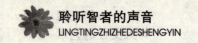
至没有打算对经历做出反应。这个道理真的如同经历本身一样平凡：生命的礼物是珍贵的，但我们太不关注这些了。

这就是生活对我们的一个荒谬要求：永远不为生活中的奇迹和威严而忙碌。但是我们要虔诚地对待每一个黎明，拥抱每一个小时，使每一分钟都活得精彩。

紧紧把握生命，但是不能紧到你无法抽身。这是生活的另一面，也是生活矛盾体的另一面：我们必须接受失去，学会放手。

这不是一个容易学会的课程，特别是在我们还年轻的时候，总认为只要我们付出热情，去争取，就可以主宰世界。但是生活让我们面临现实，慢慢地、但也是必然地，我们会接受这些事实。

在生命的每一个阶段，我们都会有所失去，成长也在这个过程中存在。当我们从子宫中出来，失去了它的保护，我们就开始了独立生存。我们接受学校各层次的教育，然后离开父母和儿时的家。我们结婚生子，又让他们出去闯荡。我们面临父母和爱人的去世，面临体力的逐渐或是瞬间的衰退。最终，正如张开、紧握双手的寓言，我们必须不可避免地面临死亡，失去我们自己，失去我们所拥有的和梦想中的一切。

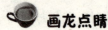 **画龙点睛**

　　一个行囊，如果装得太满就会很沉重。一个生命背负不了太多的行囊，拖着疲惫的身躯走在人生大道上，我们注定要抛弃很多。果断的放弃是面对人生和生活的一种选择，人要学会放弃。

争论中没有赢家

多年前，一个名为帕特里克·欧·海瑞的人参加了我的成人教育班。他受到的教育不多，却特别喜欢与他人争论。他曾经当过司机，也做过汽车推销员。可是，他都没有获得成功，无奈之下，便来向我求助。他身上的问题在于：在他当推销员的日子里，总是习惯于和客户争论，只要对方对他销售的汽车稍有贬损，他立即会与对方吵起来。事实上，他在这样的争论中曾取得了不少次"胜利"，可是，他却没有卖出去几部车。后来，他对我说"我终于给了他一些教训，可是，我也没有卖出想卖的东西。"

我知道教会帕特里克·欧·海瑞怎样说话并不是首要问题，最重要的是教会他学会克制，学会不与人争论。

如今，欧·海瑞已经成为纽约怀特汽车公司的销售明星。

他是如何走向成功的呢？请听听他自己的话吧："假如我现在向某个客户推销，但他却说：'什么？怀特汽车？怀特汽车有什么好的？你就是白送给我，我也不要。我真正想要买的是何西牌汽车。'我会对他说：'何西汽车的确不错，如果你选择何西，可以称得上是个不错的选择。因为何西汽车出自知名厂家，而且销售员的业务都很熟练。'"

"听我说出这样的话，对方自然不会与我发生争论。正是因为我同意了他的观点，才使他无言以对。而且，我们不可能在一下午的时间里都去谈论何西牌汽车，等他停下来的时候，我就将话题转移到怀特公司上来，我会将我们公司的优点向他一一道来。"

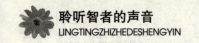
"不过，如果这件事发生在几年前，只要他一开口，我就会因为他对我公司的贬损而大发雷霆，毫不留情地挑何西汽车的毛病，与此同时，对方也会与我继续争论下去。最终结果只能使他更喜欢我竞争对手的产品。"

"如今回顾从前的日子，我几乎没有推销出一件产品。多年来，我一直把时间用在与别人争论上。现在，我已经懂得了克制自己，并收到了一定的成效。"

正如睿智的本杰明，富兰克林所说的那样："如果你总是喜欢与他人争论、相抵触，那么你也许偶尔会赢。不过，这种胜利只是表面现象，根本没有任何现实意义。因为对方的好感将是你永远也无法得到的。"

因此，你应该重新考虑一下了：你究竟是想赢得理论上、表面上的胜利呢，还是一个人发自内心的好感？这两者你只能任选其一。

佩森是个所得税顾问，为了一笔至关重要的9000美元，他与一名政府税务稽查员争论了近一个小时。佩森认为，这9000美元是呆账，根本没办法收上来，所以不应该征收所得税，而那位稽查员却坚持道："必须征收。"

佩森在课堂上说："那位稽查员是一个极其冷酷、傲慢，且顽固的人，他根本不听我任何解释，越与他争论不休，他就越顽固。于是，我决定不再和他争论，并开始转移话题——对他的工作做一些积极的评价。"

"我很认真地对他说：'这件事与你所要处理的极其重要而困难的事情相比，根本不值得一提。我在税务方面只懂得一些书上的皮毛，而你完全是在实际的工作经验中摸索出来的。有时，我十分羡慕你的工作，因为它可以使人学到很多东西。'"

"于是，那位稽查员立即坐直了身体开始和我长谈起来，内容涉及了他的工作和家庭。他向我讲述了许多工作中的技巧，以及他的孩子。谈话期间，他的语气渐渐有些缓和了。临走时，他强调说会重新考虑一下这次征税的问题，过几天会把最终决定通知我。3天后，他将电话打到我的办公室，他告诉我，那笔所得税他决定不征收了。"

人性最常见的弱点在这位稽查员的身上被淋漓尽致地表现了出来，他需要有一种受重视的感觉。因此，在佩森与他发生争执的时候，他便通过固执己见来显示自己的权威。可是，当佩森认同了他的权威时，这种争论自然会停下来；而且当这位稽查员的自我膨胀欲得到了满足后，便表现出了宽容和温和的一面。

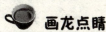 **画龙点睛**

　　要永远避免和他人面对面地对着干，如果你总是喜欢与他人争论、相抵触，那么你也许偶尔会赢。不过，这种胜利只是表面现象，根本没有任何现实意义。因为对方的好感将是你永远也无法得到的。

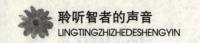

控制你的脾气

    在你盛怒难耐，大发雷霆之前，请深吸一口气，记住这句话：怒火会造成伤害。一项接一项的研究发现，极度的愤怒和敌意与心脏病的高发病率、低免疫力甚至肥胖的倾向都有关系。哈佛大学公共健康学院的一项研究发现，爱发脾气的男性比生性平静的男性患心脏病的可能性高出 3 倍。对女性来讲，与配偶的争论会增加荷尔蒙的分泌，降低免疫力。这确实是个问题，因为低免疫力可能会增加妇女患癌症的可能性。

    你的脾气是可以被自己控制的。通过评价和运用各种方法，你能够说服自己不再生气。这就是我们人类的优势：我们总可以通过做一些事情或不做一些事情来改变自己的行为。

    很多生气的人并没有意识到自己在生气。你可以问自己以下这些问题来测量你的气愤指数：你是否感到自己经常受别人不公的对待？是否经常把很小的不便当成对你的个人攻击？你经常抱怨吗？你是不是夸大别人的行为或者把别人在公共场合的侮辱性言辞当作针对你个人的？在路上，你是不是经常咒骂其他的司机，以致开车成了一件令人不快的事？

    为了更好地理解是什么使得你大发脾气，把使你生气的事情一一记录下来。反省一下这些事情为什么会使你发怒，使你感觉受了冤枉。诚实地问问自己，你的怒气是否有正当的理由。写下自己当时的感受和情况，你就会更好地意识到使你发怒的事情，甚至可能避免这些事情的发生。

当你感到自己怒火上升时，可以采取一种"改变或接受这一事实"的方法。比如说，邻居家的垃圾又在你的院子中狂飞乱舞了，这时，你就该把自己解决问题的技巧付诸实施了。平心静气地讨论这一情况，寻找能改变它的方法。

 **画龙点睛**

> 怒火会造成伤害，在你发火之前，要尽量地让自己改变或接受这一事实。怒火只会带来伤害，伤害他人的同时也会伤害自己，所以，你要学会克制怒火。

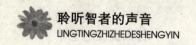

重新振作的艺术

　　我想我的核心信仰是绝对确信人性善良。像其他人一样，我遇到挫折时感觉像戴着脚镣，它们把我往后拖，我像穿着沉重的靴子往上游。但即使在那些灰暗的日子，感觉被孤立，也许有些孤独，我仍然意识到这个群体正确、真实、善良，即使只是朦朦胧胧地意识到我是群体的一部分。

　　我毫无困难地信了上帝，但我并不相信肉身上帝，也不太明白怎么可能信仰一个既行善又施恶的神。但又信任他，我信奉上帝、善良以及一神论，我相信我们都从属于这个同一，是它的一部分。

　　我费了好些时日才弄懂"忍耐"和"理解"这样的词。好几年我一直口头上赞成"忍耐"和"理解"，可直到现在，我想我才开始有一点明白它们的内涵。如果我们都化身为对方，尽管不舒服，但也许可能，那么我们迟早会互相谦让。我相信人皆有个性，也只有通过个人的经历我们任何一个人才能理解别人。

　　我常常有点被自己和自负弄糊涂了，因为直觉告诉我两者都是理解的障碍，在某种意义上它们确实如此。

　　我过去常为个性和那种自负而非常担忧。我发现某些艺术家，比如音乐家，会让听众从他的音乐中了解其个性，而其他更伟大也因而更谦逊的音乐家则成为畅通的渠道，让听众毫无阻障地了解音乐的全貌。我曾想过人性中的善良源自上帝，因此努力使自己尽可能免受自身不道德因素的玷污是明智之举，我并非第一个有此想法的人。这决非易事，特别当你在舞台上时。

我是那种天生快乐的人，即使情绪低沉，也会马上重新振作。在操持家务和处理要回复的信件等小事上我是个按计划行事的安妮，就是说我完成这些琐事是为了享受以后的空间。但我确实发现，当我将行善的信仰付诸实践时，我却无法制订出计划来。我是说重要的计划，但我必须准备场地，然后尽可能保持道路畅通。这当然意味着要毫不畏惧，也不是听天由命，因为你知道，我相信只要我足够忠诚，静静地让事情悄悄发生时，它们就会发生。这种安静并不是消极状态，而是意识到了自己真正的位置。

朋友在我生命中是最重要的，发现自己被人需要的惊奇感也至关重要。但这些都将逝去，最后人人都将和上帝在一起，我还几乎没有为此做好准备，但确实在心里已经看到了那一幕。

我并非完全明白这一点，但我相信只有现在，我们要做的就是认识到并享受现在。现在……当然不是人为规定的星期一、星期五或任何时候，而是真实确定的现在。这不会改变，因为一切肯定已经完成了，我们的小问题就是揭示和享受。

 画龙点睛

你能弄懂"忍耐"和"理解"两个词的意思吗？重新振作就意味着要毫不畏惧，要足够忠诚，找准自己真正的位置，再就是要认识到并享受现在。

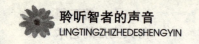
不要说话

　　高耸入云的大山一言不发，可有谁不带着敬佩的神情仰首静观？出入尘土的苍蝇嗡嗡地叫个不停，可有谁不想一拍子让它永远沉默？

　　争辩中的沉默不是软弱，相反，那是对辩手和权威无言的尊敬。有时候沉默的内涵比言语更多。破碎之心面前的沉默不是麻木，那是爱抚的阳光在关照鲜花，那是静默的土壤在孕育种子。沉默是从见到眩目的闪电到听到动地惊雷之前的间歇。别学那夏日里聒噪的知了，要学那默默生长的万物，沉默是金。

　　供职于一家重要的金融机构 22 年后，我突然失去了工作。原因是一次裁员——一次重大的银行并购导致 100 多名员工被裁，其中便有我。

　　我的座右铭一向是："变是好事，变是进步。"我一开始就愿把这一生活变化视为一个很好的机会，而不是一种不幸。我拒绝抑郁、愤懑，而是热切地期望尝试新的、不同以往的事情。

　　这种积极的态度使我对未来的看法完全变了。首先，我决定重返大学，拿下毕业文凭，虽然已晚了几十年，这般年龄采取如此行动是需要拿出些勇气的。没有大学文凭并没有影响我在银行的职业生涯，但获得学位确是我的平生凤愿。我有些忐忑不安，但决心很大，我在夜校班报了名，成为一名成人学生。

　　在这期间，我意识到，不管我们在人生的旅途中有何种遭遇，个人的成长是永无止境的，它是内在的需要，只有迎接挑战，才能超越自我。跳出自己的"舒适圈"去学些新的东西是完全可能的。重返学校，我收获很多，远远超过一张学位证书。

完善自我的第二件事是重新审视我的生活道路。我过去的生活尽是些没完没了的事情，有时毫无意义。现在，摆脱了工作中的"名利"，我的身心与我所关心的人紧紧地连在一起。

是的，事业有成是重要的，但它已不再是我生活的目标，因为我把滋养灵魂视为最重要的目标。简化了生活之后，我是真正在享受生活，而不是为生计而生存。

丢了工作促成了我生活中的一些积极的改变，重访过去为未来打开了空间。当我细细琢磨我的座右铭"变是好事，变是进步"时，我意识到我已接受了变，并在充分利用它。

 画龙点睛

　　有时候，沉默的内涵比言语更多。当你不能保证你说出来的话会比你沉默更有意义的话，那么你就保持沉默吧！

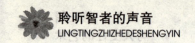

美丽的玫瑰园

　　试想一朵玫瑰，你能看到粗壮的绿茎上，嵌着少许的小刺，像楼梯或梯子似的排列有序，慢慢伸向盛开的花朵吗？或是当我们将花朵捧近时，看到那各种颜色及形状的柔软、丝滑的花瓣，温柔地亲吻我们的鼻子，或亲切地拂过我们的脸颊？谁又能忘得了这独特的甜美芳香？那种健康的，养分充盈的，曼妙盛开的玫瑰的气息。

　　同你一样，很久以前我是从一粒种子开始的。不管怎么样，即使是一粒种子，也一定会成长。随着每一天的流逝，我变得更加强壮、圆润、匀称，但是还是没有准备被栽植。作为一粒种子，我需要学会忍耐艺术这门重要的课程。在我忙着壮大自己的种子，练习耐性的同时，我知道自己随时都可能被栽种。我飞跃般地生长，那速度是发生在一粒种子生长中的惊人的跳越。甚至没有意识，没有一个特定的时间，没有任何征兆，我就被栽种了。

　　我的种子在深深的黑土中吸吮养分，伸展根须，加固根基。根须不断四处扩展，我的根远远地、宽阔地向四处延展，好为茎做好准备。仓促中，我想强壮我的茎，因为它很快就要开出我的花朵。再一次，"耐性"展露他的头脚，而对于我来说，这次更容易接受。就像重逢旧友，我再次学会如何拥抱忍耐。与此同时，不知不觉中我开始生长，我的枝茎叶也开始长高。随着茎的生长，我长了刺。一根粗大坚硬的刺长成了，那根本没办法折掉，也无法让人忽视。这根刺，不仅仅让我难以忍受，而且表面看来完全物质化是很慢的。这是为什么呢？为什么我会长

80

刺？这并不能带来一点好处。这是不公平的、艰苦的、不能被接受的，我不停地哭泣着。

我身上的刺太引人注目了。随着时间的推移，我学会了将人们的注意力从丑陋的刺上转移到花上。因为那里才是我希望留住人们目光的地方，也是我可以留住的地方。在我的茎被充分浇灌的时候，我的泪水便化作了祝福。感谢上苍，我终于从长刺的时期挺了过来，我的躯茎继续生长，越来越接近花朵。可是又要停了下来，因为另一根刺出现了。再一次，疼痛是难以忍受的、不公正的、表面上不公平的，但是后来，我明白了些什么。长出的刺都以正确的角度排列着，超越先前长出的，远离那些新生的来使我继续生长。过程这样周而复始：生长、生刺，另一阶段，生长、生刺，又一阶段，直到最终我成为蓓蕾。

作为一个花蕾，我紧紧地包着花瓣，期待着进程在这里停止，享受一些长久奋斗来的花朵。但是这是不能的，因为我依旧觉得不完美。一朵美丽的花朵，却没有完全绽放。考验仍然存在，但是现在却是不同的形式了。不管有怎样全新的方式，一旦习惯了，就会在忍耐中挫败，于是我成长，我的花瓣一个接一个地绽放。玫瑰花，如我想象的那样，孕育出我未预见的东西。如今，这朵花的美丽超出了我的想象，正如当初设想的一样。

玫瑰没有停止它的努力，也从没有停歇过。因为，一朵玫瑰源自一粒种子，渐渐长出根茎，生出刺儿，然后长成另一朵玫瑰。每过一年，就会有另一支玫瑰加入，年复一年，玫瑰就成了玫瑰园。

精心地种下你的种子吧，因为你就是形成玫瑰园的一朵玫瑰，作为花束送予他人的一粒种子。

 画龙点睛

　　玫瑰没有停止它的努力，也从没有停歇过。精心地种下你自己的种子吧，你会拥有一座玫瑰园。

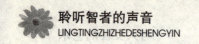

用全身心的爱迎接今天

我用全身心的爱迎接今天。

因为，这是一切成功的最大秘密。强力能够劈开一块盾牌，甚至毁灭生命，但是只有爱才具有无与伦比的力量，使人们敞开心扉。在掌握了爱的艺术之前，我只算商场上的无名小卒，我要让爱成为我最大的武器，没有人能抵挡它的威力。

我的理论，他们也许反对；我的言谈，他们也许怀疑；我的穿着，他们也许不赞成；我的长相，他们也许不喜欢；甚至我廉价出售的商品都可能使他们将信将疑。然而我的爱心一定能温暖他们，就像太阳的光芒能温暖冰冷的冻土。

我用全身心的爱迎接今天。

我该怎样做呢？从今往后，我对一切都要充满爱心，这样才能获得新生。我爱太阳，它温暖我的身体；我爱雨水，它洗净我的灵魂；我爱光明，它为我指引道路；我爱黑夜，它让我看到星辰。我迎接快乐，它使我心胸开阔；我忍受悲伤，它升华我的灵魂；我接受报酬，因为我为此付出汗水；我不怕困难，因为它给我挑战。

我用全身心的爱迎接今天。

我该怎样说呢？我赞美敌人，于是敌人成为朋友；我鼓励朋友，于是敌人成为手足。我要常想理由赞美别人，绝不搬弄是非，道人长短。想要批评人时，咬住舌头；想要赞美人时，高声表达。飞鸟、清风、海浪、自然界的万物不都是在用美妙动听的歌声赞美造物主吗？我也要用同样的歌声赞美她的儿女。从今往后，我要记住这个秘密同，它将改变我的生活。

我用全身心的爱迎接今天。

我该怎样行动呢？我要爱每个人的言谈举止，因为人人都有值得钦佩的性格，虽然有时不易察觉。我要用爱摧毁困住人们心灵的高墙，那充满怀疑与仇恨的高墙。我要铺一座通向人们心灵的桥梁。

我爱雄心勃勃的人，因为他们给我灵感；我爱失败的人，因为他们给我教训；我爱王侯将相，因为他们也是凡人；我爱谦恭之人，因为他们非凡；我爱少年，因为他们真诚；我爱长者，因为他们智慧。

我用全身心的爱迎接今天。

我该怎样回应他人的行为呢？用爱心。爱是我打开人们心扉的钥匙，也是我抵挡仇恨之箭与愤怒之矛的盾牌。爱使挫折变得如春雨般温和，它是我商场上的护身符。孤独时，给我支持；绝望时，使我振作；狂喜时，让我平静。这种爱心会一天天加强，越发有保护力，直到有一天，我可以自然地面对芸芸众生，处之泰然。

我用全身心的爱迎接今天。

我该怎样面对遇到的每一个人呢？只有一种办法，我要在心里默默地为他祝福。这无言的爱会闪现在我的眼神里，流露在我的眉宇间，让我的嘴角挂上微笑，在我的声音里响起共鸣。在这无奈的爱意里，他的心扉向我敞开，他不再拒绝我推销的货物。

我用全身心的爱迎接今天。

最主要的，我要爱自己。只有这样，我才会认真检查进入我的身体，思想，精神，头脑，灵魂，心怀的一切东西。我绝不放纵肉体的需求，我要用清洁与节制来珍惜我的身体；我绝不让头脑受到邪恶与绝望的引诱，我要用智慧和知识使之升华；我绝不让灵魂陷入自满的状态，我要用沉思和祈祷来滋润它；我绝不让心怀狭窄，我要与人分享，使它成长，温暖整个世界。

我用全身心的爱迎接今天。

从今往后，我要爱所有的人，让仇恨将从我的血管中流走。我没有时间去恨，只有时间去爱。现在，我迈出成为一个优秀的人的第一步。

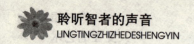
有了爱，我将成为伟大的推销员，即使我才疏智短，也能以爱心获得成功；相反地，如果没有爱，即使博学多才，也终将失败。

我用全身心的爱迎接今天。

 画龙点睛

　　用全身心的爱去迎接今天，爱自然万物，爱朋友敌人，一切的一切都需要你去理解，需要你去倾听，需要你去感悟，需要你去融化。

双赢的途径

　　忍让是汪洋中屹立不倒的灯塔，用光明驱逐狭隘；忍让是酷暑中的缕缕清风，拂去冲动的苦涩回味；忍让是天空中的启明星，指引着我们去更广阔的地方，而不局限在原地。

　　曾惋惜周瑜这一代英才的先逝，曾感叹蔺相如的博大胸襟与卓越见识，曾景仰韩信忍受胯下之辱成就大业……历史的长河在奔腾，洗尽了浮华，沉淀了底蕴，磨去了多少断剑的锋芒？唯有英雄在冲刷中更加伟大，只有伟大经得起时间的考验。

　　周瑜的才华虽不及诸葛亮，但他的实力也是不可忽视的，不成想，他被诸葛亮给气死了。如果历史可以重来，如果周瑜懂得忍让，又怎会落得如此下场？又怎会被后人指责为心胸狭隘？忍让是一种胸怀，暂时的忍让只会离成功更近，而让盲目者遭受失败。

　　忍让是双赢的途径。还记得白羊与黑羊在一座只能容一只羊通过的桥上相持不下，最后纷纷落入河中的故事吗？如果有一只羊懂得忍让，它们怎会双双长眠于河中？或许故事的结局会是它们成了好朋友，快乐地生活在一起吧！故事如此，现实亦如此。

　　忍让是什么？它是人际交往中的法宝。一时的忍让，或许会让你获得信任，会让你获得他人的赞许。好人之所以是好人，就是因为他不会用卑劣的手段实行报复。一个忍让的人身上，尽管会背负太多的苦痛，但正是这些苦痛，成全了他们破茧成蝶时的美丽与惊艳。

　　蔺相如面对廉颇的挑衅不为所动，却处处忍让。当我不屑于他的懦弱时，转身却发现他心系国家的安危，而不在乎个人荣辱得失，我不禁为我的浅薄而惭愧。他的忍让至今在史册中散发着浓浓的韵味。原来，忍让还是心灵的尺度，正如"小不忍则乱大谋"，着眼于远方，你的目光才不会被不值得斤斤计较的小事所遮蔽，大动肝火，而多少人因一时糊涂犯下大错，终日活在悔恨中。

忍让是智者理性的彰显。忍让不是一味的妥协，更不是一种耻辱。让我们用忍让美化这世界，让狭隘与自私无处可逃。

在我们情绪波动大的时候，常会为了一时的面子而丢掉理性。如果冷静下来后再去处理，结果肯定不会如此糟糕。

忍让，能使你站得高，看得远；忍让，能使你更清醒地认识自己；忍让，能使你找回已失去的信心；忍让，能使你抛弃不必要的烦恼；忍让，让你的人生永远掌握主动权。

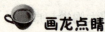

画龙点睛

　　忍让，是大智大勇的表现，它不计较一时的高低，眼前的得失，而是胸怀全局，着眼未来；忍让，是一种美德，它以宽广的胸怀，无私的心灵去容纳人，团结人，感化人；忍让，是一种修养，它面对荣辱毁誉，不惊不喜，心静如水。

不要吝啬你的赞美

　　小时候，学校门口有一个油条铺。炸油条的是个清秀的姑娘，不时用一双长竹筷翻动着。偶尔她也会抬头擦把汗，那鲜嫩的皮肤，那从白帽子里面垂出来的栗色头发，那纯洁、专注的目光，都是一个青葱少年眼里无法用言语形容的成熟美。

　　后来，我们搬了家，再遇到她，已是多年之后。或许是经过了岁月的磨砺吧，她的栗色头发已经剪短，白帽子上油迹斑斑。她没有了往日的欢快，已经发胖的身体失去了曾经的灵巧。她满不在乎地看着买油条的顾客，嘴里咀嚼着什么，这个咀嚼让我骤然没了食欲。已经成年的我面对更加成年的她，不由地怀疑自己少年时代的审美标准。匆匆走过的时候，我不由地加快了脚步，好像特别怕人识破我的心事：我曾经那么纯真、那么专注地崇拜过这样一个糟粕的妇女。

　　又一年过去，她依旧守着那个小店。目光涣散，不时打着哈欠，脸上没有热情，也没有不安和焦躁，她的生意也并不好。我莫名生出一种欲望，想要告诉这个打着哈欠的女人，曾经我对她是多么的崇拜。

　　我说："小时候我经常来你这里买油条。"她冷冷地回答："卖油条是小本生意，不讲价。"我说："我只是想告诉你，那个时候你梳着两条又粗又长的辫子，穿着白凉鞋，我觉得你是最好看的人，我曾经学着你的样子打扮自己。"或许是很久没有听到人们的赞美了吧，她的表情很意外。

　　再次见到她，又过去了一年。坐在车里，从她的门前经过，看到她

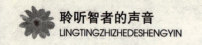

的帽子又变得雪白，栗色的鬈发给她的脸增加了活泼和妩媚。她的身材虽然还是发胖，但在竭力再现从前的灵巧，那是一种更加成熟的灵巧。

同车的老公说："这个女人怎么变化这么大？"或许正是因为我敢于向那个曾经启发了我少年美感的女性表示感谢和赞美，就是为了这份陌生的赞美，才重新唤起了她爱美的心意吧。所以我觉得，人不能吝啬你的赞美，因为赞美能驱走心中的惰性，让人真正变得很美。

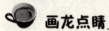 **画龙点睛**

生活中，我们多以一颗感恩之心去看待别人，尽量做到多给予别人赞美，少一些怨言，你会发现生活多姿多彩，处处充满热情与微笑！真诚的赞美，一句良言，一丝微笑，往往能让人感到亲切舒服。如果说兴趣是最好的老师，那么赞美则是最大的激励。

第四辑
快乐地面对生活

学会接受

　　已故的布斯·塔金顿经常说的一句话就是："人生旅途上的任何苦难我都能够承受，但要除了一样——失明，那是我根本无法承受的。"

　　然而，就在他六十几岁的时候，有一天，当他低头看地上的地毯时，发现呈现在他眼前的色彩开始变得模糊不清，他已经无法看清花纹的样式了。他当即便去找了一位眼科专家，最终却证实了那个不幸的现实：他的视力正在渐渐衰退，有一只眼几乎完全失明了，而另一只也处在极糟的状态下。他此生最担心的一件事终究还是降临在他身上了。

　　塔金顿对这种"灾难性的打击"是做何反应呢？他是不是认为"我的一生就这么毁了"呢？不，连他自身都未曾想过他还能够感到开心，甚至还不失幽默。以前，那些常常浮动在他眼前的"黑斑"令他非常苦恼，正是这些"黑斑"使他无法看清眼前的东西。可是现在，即便那些最大的黑斑在他眼前浮过的时候，他都会幽默地说："你好啊！黑斑爷爷又来了！不知道今天这么好的天气你想到哪里去！"

　　命运是否能够战胜我们的精神呢？回答是：不能！当塔金顿完全失明之后，他说："我发现自己能够接受这一事实，就像别人能够承受其他事情一样。哪怕我五种感官都已丧失功能，我知道我还可以生活在自己的思想里。因为只有我们的思想才能够看清生活，也只有在思想里才能生活，不论我们是否清楚这一点。"

　　为了恢复视力，塔金顿在一年之内共接受了 12 次手术。使用的是当地生产的麻醉剂！他有没有为此而担心呢？没有，因为他知道这些都是他必须经历的，他没有办法逃避，唯一能够减轻痛苦的方法就是勇敢地接受它。他拒绝使用医院里的私人病房，而是住在大病房里，与其他病友住在一起。他用尽一切办法使病人们感到开心，而当他必须接受几次手术时——他十分清楚自己将接受何种眼科手术——他仍尽力去想自己有多么幸运。他说："实在太神奇了！现在的科学已经发展到可以为人类的眼睛这么脆弱的东西做手术了！"

一般人如果经历了 12 次以上的手术后，还不得不在黑暗中生活，恐怕都会精神崩溃。可是塔金顿却说："我可不愿意把这次的经历拿去换一些更开心的事情。"正是这次特殊的经历教会他如何去接受无法改变的一切。他懂得了，生活带给他的一切没有一样是他自身的能力不能企及的，也没有一样是他无法承受的。同时，这件事使他领悟了富尔顿所说的："失明并不可怕，可怕的是你无法承受失明。"

如果我们因此而感到无比愤慨，或牢骚满腹，根本不足以帮助我们改变那些已经无法改变的事实。可是，我们可以改变自己。我知道这一点，因为我曾亲身尝试过。

一次，我拒绝接受一件无可避免的事情。结果我做了一件傻事——我反抗它，抱怨它。结果，我一连几个夜晚都无法安眠，而且还令自己痛苦不堪。我把所有自己不愿想起的事情都想起来了。经过一整年的自我虐待，我终于接受了这些不可改变的事实。

我应该在几年前就大声朗读出惠特曼的诗句：

哦，去面对黑夜、暴风雨、饥饿、愚弄、意外和挫折吧！就像树和动物一样。

 **画龙点睛**

失明并不可怕，可怕的是不能承受失明。不能避免的逃避也没有用，所以，心平气和地接受吧！接受不能改变的，你会发现生活还是很美好的。

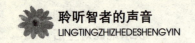

疲劳的因素

有一个令人感到吃惊而又非常重要的事实：持续的脑力劳动并不会使你感到疲惫。这句话听起来有些可笑。可是早在几年之前，科学家们就试图了解，人脑在"工作量不减弱"的情况下能够工作多久，这即是科学上对疲劳所下的定义。令科学家们大为吃惊的是，他们发现在活动着的脑细胞血液中，根本没有疲劳的迹象。可是，如果你从一个正在做体力劳动的人的血液里抽出一些血液样本进行研究时，就会发现血液里充满了"疲劳毒素"，以及各种疲劳产物；如果你从爱因斯坦的脑部抽出一些血样进行研究，你就会发现，即使这些血液是在他工作整整一天后抽出来的，也不会产生"疲劳毒素"。

如果只考虑人的大脑，那么"它在连续工作 8 小时，甚至是 12 小时之后，依然还可以保持最初的速度和效率"。大脑根本不会感到疲惫……那么，到底是什么因素使你感到疲惫呢？

精神病学家宣称，我们的疲劳感完全是由精神和情绪的状态所决定的。英国著名心理分析学家 I. A. 海德菲，在他所著的那本《心理状态的力量》中说："在大多数情况下我们所感受到的疲劳，都是由于心理因素造成的。事实上，完全由生理原因引起的疲劳是非常少见的。"

美国最著名的心理分析家 A. A. 布列尔博士对这一点解释得更为详尽。他说："一个坐着工作的人，在其健康状况良好的情况下，他的疲劳感完全来自心理因素，即由于自身情绪上的某些因素所造成的。"

到底是什么心理因素会导致坐着工作的人感到如此疲惫呢？烦闷、

懊恼，一种得不到赏识的感觉，一种毫无用处的感觉，一种担心、焦虑的感觉，这些都是导致那些坐着工作的人感到疲劳的心理因素。这些因素会使人们极易患上感冒，使工作效率降低，而且当他们回家时还会感到头痛。没错，我们之所以会感到疲劳，是因为我们的自身情绪使我们的身体感到紧张。

大都会人寿保险公司在一本与疲劳话题相关的小册子上指出了这一点："高强度的工作并不会使得到充分休息的人仍感到疲劳。忧虑、紧张，以及一些消极情绪才是造成疲劳的三大重要因素。通常，我们以为疲劳是由于过度的脑力劳动所产生的。请记住，放松那紧张的肌肉，把体力储备好，来迎接更大的挑战吧。"

现在就停下来吧！停下来反省一下：在你读这几行字的时候，是不是还皱着眉？是否还觉得两只眼睛感到疲惫？你正轻松地坐在椅子上，还是正耸着肩膀？你是否感到脸上的肌肉有些紧张呢？除非你此刻的身体像一个破旧的布娃娃一样放松，否则你的神经和肌肉就处在紧张状态之中，正在使自己情绪紧张，并制造疲劳因素！

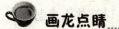 **画龙点睛**

持续的脑力劳动并不会让你感到疲惫，我们的疲劳感完全是由精神和情绪的状态所决定的，所以，用一种积极的心态面对你的工作吧，这样就不会觉得累了。

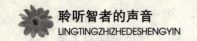

乐观与悲观

　　你的习惯固然重要，但你"能成功"的信念会影响到你是否真能成功。出了问题之后，悲观主义者往往自责，他会说"我不善于做这种事"，"我总是失败"；而乐观主义者则寻找漏洞。无论是消极还是积极的看法，都是一种本身会成为事实的预言。如果人们感到没有希望，那么他们就不会费劲去寻找获得成功所需的技能。

　　乐观者感到能够掌握自己的命运，如果事情不顺利，就立刻作出反应，寻找解决办法，制订新的行动计划，并且主动去讨教他人；悲观者则感到自己只能由命运摆布，行动拖拉，既然认为毫无办法，他便不去寻求他人的意见。许多研究显示，悲观者的无助感会损害人体的自然防御体系，即免疫系统。研究还发现悲观者不会很好地照顾自己。他消极被动，不会避开生活中的打击，无论做什么都会担心身体不好或其他灾难降临。他吞吃着不利于健康的、营养价值低的食品，逃避体育锻炼，不听医生的劝告，总是要再贪一杯。

　　你是看见杯中有半杯酒，还是看见有一半空着？你的眼睛是盯着炸面包圈的甜美，还是盯着它中间的空洞？当研究者们仔细观察，积极思考的同时，这些陈词滥调竟突然间都成了科学问题。研究工作证明，乐观可以使你更快乐、更健康、更成功；与此相反，悲观则导致无望、疾病以及失败，它与沮丧、孤独、令人痛苦的腼腆密切相关。如果我们能够教会人们更积极地去思考，那就像为他们注射了预防这些心理疾病的疫苗。

在多数人身上，乐观主义和悲观主义兼而有之，但总是更倾向于其中之一。这是在母亲膝下就已形成的思维模式。它来自千万次警告或鼓励，肯定的或否定的话语。过多的"不许"和危险警告会使一个孩子感到无能、胆怯以及悲观。悲观是一种很难克服的习惯，但它并非不能克服。

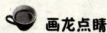 **画龙点睛**

　　乐观者在每次危难中都会看到机会，而悲观者则在每次机会中都看到危难。事实上一个人的快乐与否都取决于一个人的心态，当你以乐观的心态去面对时，一切都是那么美好；相反如果当你以悲观的心态去面对时，则一切都是灰色的。

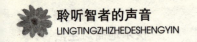
失眠并不可怕

　　珍妮·麦当娜对我说，当她因为沮丧和忧虑而无法入睡的时候，她就重复《圣经》第二十三篇的内容，以使自己获得一种"安全感"——"耶和华是我的牧师，我不再有所求。他使我能够静卧在草地上，指引我来到静谧的小溪旁……"

　　如果你没有宗教信仰，不能如此轻而易举地解决你的问题，那么你可以采取另外一种方式努力使自己放松下来。大卫·哈罗德·芬克博士曾经写过一本名叫《消除神经紧张》的书。他在书中提到，使自己入睡的最佳方法就是和自己的身体交谈。芬克博士认为，语言是所有催眠方法的关键所在。如果你始终无法安然入睡，那是因为你对自己说得太多，以至于使自己患上了失眠症。具体方法就是你要对身体的肌肉说："放松！放松！身体所有的肌肉都在放松！"我们都知道，当人们的肌肉处于紧张状态时，思想和神经根本无法得到放松。因此，如果我们想安然入睡，首先要使自己的肌肉放松下来。芬克博士推荐的方法，就是把枕头放在膝下，从而使腿部肌肉放松下来，然后，再把几个小枕头分别放在手臂下。随后，你需要放松下颌、眼睛、手臂和双腿，这样一来，我们就会在不知不觉中入睡了。我曾经试过这种方法，很有效。如果你也患有失眠症，不妨看看芬克博士的这本名为《消除神经紧张》的书，从而使你将紧张的情绪放松下来，而且依我主见，这是一本可读性强，并可以治愈失眠症的好书。

　　另一种治疗失眠症的好方法就是让自己去参加体力劳动，直到感觉疲惫为止。你可以去参加园艺活动、游泳、打网球、打高尔夫球、滑雪，或者做一些需要消耗体力的工作。德莱塞正是采取了这种方法。当他还是一个为了生活而奋斗的年轻作家时，也曾为失眠而感到忧虑。于是，他便在纽约中央铁路公司找到了一份铁路工人的工作。当他做完了一天敲钉子和铲石子的工作之后，往往会因为过度疲惫而无法坐在一处吃完晚饭。

如果我们感到极度疲惫，哪怕是在走路，也会感到昏昏欲睡。让我们举例说明吧：在我 13 岁那年，我的父亲要将一车猪运往密苏里州的圣乔城，因为父亲当时弄到了两张免费的火车票，于是便带上了我。在那之前，我从未去过任何一座人口超过 4000 人以上的小城。当我来到了一座拥有 6 万居民的圣乔城时，兴奋之情溢于言表。我看到了六层高的大楼，还看到了一辆电车。如果此时我闭上眼睛，也许仍能够想起那辆电车的模样。当我经历了人生之中最兴奋的一天之后，父亲便和我乘火车回到了家。火车到站的时候已经是凌晨两点钟了，我们还需要赶四英里的路才能回到农庄。当时，我因为极度疲惫，已经达到了一边走一边睡的程度。还有我从前经常会在马背上睡着等等，这些经历至今仍历历在目！

当一个人感到筋疲力尽的时候，就算是头顶上响着隆隆的雷声，或面临着战争的恐怖和危险，他依然可以安然入睡。神经科医生佛斯特·肯尼迪博士对我说，1918 年，英国第五军撤退的时候，他曾亲眼看到疲惫不堪的战士倒地便睡，就像昏死过去一样，即使用手扒开他们的眼皮都不会使他们醒过来。而且，他还注意到，所有睡着的人黑眼球都向上翻起。肯尼迪医生说："从那以后，只要有睡不着的时候，我就会将眼珠翻到那种程度。我发现，坚持不了几秒钟，我就会开始打哈欠，感到十分疲惫，因为这是一种我无法自控的条件反射。"

从来没有一个人会采取不睡觉的方式来结束自己的生命。不论一个人有多么强的意志力，都会在自然力量的威力下入睡。我们可以不吃东西，不喝水，但绝不可以长时间不睡觉。

一谈到自杀，我就想起亨利·林克博士在他所著的那本名为《人类的再发现》的书中谈及的一个事例。林克博士是心理社团的副总裁，他

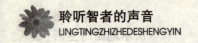
经常会和一些因忧虑而感到沮丧的人交谈。在《消除恐惧与忧虑》那一章节里，他谈到了一个想自杀的人。林克博士十分清楚，与这个人展开一场争论，结果只能变得更加糟糕。所以，他对这个人说："如果你想走上这条不归路，至少也应该勇敢一些，你就绕着这条街一直跑，直到累死为止吧。"

这个人果然按照林克博士所说的去做了，而且，他不只试了一次。结果如何呢？他每尝试一次，就会感觉好过一些。不过，这种感觉只是在心理上，而并非在生理上。到了第三天晚上，林克博士终于达到了他最初的目的——这个病人因为过度疲劳而酣然入睡。后来，他参加了一个体育俱乐部，并积极参加各项体育运动。于是没过多久，他就变得开心起来，而且想要好好活下去！

 画龙点睛

为了失眠而忧虑，对你的伤害程度，远远超过失眠的本身。

调整好心态，找准属于自己的防治失眠的方法。

端正好你的态度

你来自何方，无关紧要，你去往何处才是重要的。

你的决定超出常人的范围，势必也会面临更大的困难。有时你的巨大财富源自你有比别人更耐久的能力。

你无法掌控事物的发展，但可以改变自己的态度。只有这样，你才能不被事物所左右，成为它的主宰。

一些人能不断地获取新知识，并将其运用到工作和生活中，他们是社会进步和变革的发起者和倡导者。

你越是努力寻求安全，就越会感到不安；你越是努力争取机会，就越能得到你想要的安全。

成功人士总是寻求机会去帮助别人，而不成功的人总会问这样的问题："这跟我有什么关系？"

成功人士，无论男女，都是伟大的梦想家。他们会勾勒未来的蓝图，每一方面都考虑得很完美，而后，他们每天不停地工作，努力向自己的既定目标前进。

 画龙点睛

你来自何方，无关紧要，你去往何处才是重要的。态度在通往成功的道路上起着不可忽视的作用，相信自己，端正好态度，你才能取得成功。

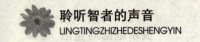

走出泥泞

当事情繁冗复杂时，我们都会有难以应对的感觉。你觉得生活了无生趣，因为每个人都向前迈出一步，而你却倒退两步，隧道尽头的灯光似乎变得模糊不清，一切显得反常！

你最好读一些能鼓舞人心的书，只是随便拾起一本看看，会使事情变得更糟。

眼看其他同事们一个个得到提拔——尽管这也一直是你的梦想，却始终没有机会！你精打细算地平衡生活预算，可到了最后，还是远不够还贷！

我已经踏上了成功之路！似乎比其他人做得都好！为什么生活要这样残酷？给我一个机会吧！

为什么你会有如此悲哀的感觉呢？你期望什么？那容易实现吗？

实际上，当你开始为梦想付诸行动时，你已迈出了自己的"安乐国"，开始打破留住你也关了多数人的"部落监禁"。

如果你想知道自己的真实潜能，那么便会获得一种骇人听闻的命运——生活会有一种方法，教育那些渴望获得这种智慧的人。

不过，我们有解决系统短路的方法，如果你的确需要，这里还有逃脱的路径。不过，游戏的目标是成功。

如果你真的想实现自己的既定目标，那么你的决定是什么？你准备好为实现目标不惜一切代价了吗？你对自己是否完全真诚？

如果你的目标中介入了他人，不管此人是杂货店老板还是世界银行主席，都不重要。应对长期责任要运用相同的原则。

对我们很多人来讲，从我在哪里到我想去哪里的过渡，需要卸下固定的思维模式和习惯的重荷，学习一种全新的适用方法。有时，这是令人极不舒服和绝望的。

通常，经验是生活赐予我们智慧的形式，所以，当事情较为曲折时，不要沮丧！毕竟，这是你要求的。

所以，当你感觉精神处于低谷时：

1. 一定要明确自己的目标。

2. 坚信自己有能力实现目标。

3. 明白主导思想影响行动的道理。

4. 行动中严于律己。

5. 富有想象力。

6. 接受结果。

7. 乐于助人。

8. 允许一些意料之外的变动。

9. 马上行动！

 **画龙点睛**

人生是一部痛苦与欢乐的交响曲，痛苦过后，才会品尝到欢乐的可贵。逆境是一种祝福，乌云背后是蔚蓝的晴空，严寒必将被春光打败，恶梦不会紧联着恶梦，总有一天醒来会是满眼的晨光。

做一个乐观主义者

如果你预料某事会很糟糕，那么它很可能真会这样。悲观的想法一般都能实现，但反过来，这个原理也同样成立。如果你料想会好运连连，通常也会这样！乐观和成功之间似乎有一种天然的因果关系。

乐观和悲观都是强大的力量，我们塑造和展望未来，都必须从中作出选择。每个人的生命中都有太多的幸运或灾难，充满着快乐和忧伤，无限的喜悦和痛苦。不论我们是乐观还是悲观，都有充分的理由。我们可以选择笑或哭，祝福或诅咒。这是我们的决定：选择用什么样的眼光来看待人生？是在希望中昂首阔步，还是在绝望中低头长叹？

我喜欢展望未来。我选择注意积极面，忽视消极面。我是乐观主义者，更多的是因为我的选择，而非天性。当然，我知道，生命中总存在着悲伤。现在，我已经70多岁了，经历过太多灾难。但是，当一切尘埃落定，我发现生命中的美好远多于丑恶。

乐观的态度并非奢侈品，而是一种必需品。你看待生活的方式决定了你如何去感受，去表现，以及你与他人如何相处。相反，消极的思想、态度和预想也决定了这些，它们成为一种能自我实现的预言。悲观会制造一种阴沉的生活，没有人愿意活在其中。

几年前，我开车去一个加油站加油。那天天气很晴朗，我心情很好。当我进站付油费时，服务员对我说："你感觉怎么样啊？"这个问题有些莫名其妙，但我感觉很好，也这样跟他说了。"你脸色不大好。"他说。我十分惊讶，于是，我告诉他，我确实感觉不错，但已不再信心十足了。他毫不犹豫地继续说我脸色如何不好，连皮肤都发黄了。

我心神不宁地离开加油站，开了一个街区后，我把车停在路边，照着镜子看看自己的脸。我怎么了？是不是得了黄疸病了？一切都正常吗？回到家时，我开始想吐了，我想我的肝脏是不是出了问题？我不会染上什么怪病了吧？

我再次去那个加油站时，又感觉不错了，也明白了究竟是怎么一回事。这个地方最近涂了一种明亮的，接近胆汁色的黄色油漆，灯光反射在墙壁上，让里面的人看起来像是得了肝炎。我想，不知道有多少人也有过类似的经历呢。我的心情却因为与一个完全陌生的人短暂的交谈，整整改变了一天。他告诉我，我看起来像生病了，而后不久，我真的感觉不舒服。这个消极的观点，深刻地影响了我的感受和行为。

唯一比消极更具力量的是一个积极的肯定，一句乐观和充满希望的言辞。最令我欣慰的是，我是在一个有着乐观主义光荣传统的国度里成长的。当整体文化积极向上时，再难以置信的事也能完成。当世界看起来充满希望，人们就会在这个积极的场所，努力向上并获得成功。

乐观并不需要变得幼稚，我们可以在成为乐观者的同时，仍意识到有问题存在，有些甚至难以解决。但是，乐观使解决问题的态度有所不同！乐观会使我们把注意力从消极转向积极的、有建设性的思考上。如果你是一个乐观者，会更关心问题的解决而不是毫无价值地怨天尤人。事实上，如果没有乐观主义精神，一些现存的巨大问题，如贫穷，就毫无希望解决。它需要一个梦想家——一个拥有绝对乐观、矢志不移、坚定信念的人，来解决这个巨大的问题。乐观，或是悲观，在于你的选择。

 画龙点睛

　　带着乐观的心情去体验生活，你会发现那"山重水复疑无路，柳暗花明又一村"的惊喜，你会喜欢"长风破浪会有时，直挂云帆济沧海"的态度，你会明白那"不识庐山真面目，只缘身在此山中"的疑惑，你会体会到生活无处不在的美好。

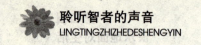
走向幸福

　　道德家们常说：幸福难求。唯有不明智地追寻，幸福才会遥不可及。蒙特卡洛城的赌徒们追求财富，而多数人却输掉钱财；但有人以另外的途径常获得财富，追求幸福亦如此。如果你想沉醉于酒精，以获得幸福感，也只能暂时忘记烦扰。伊壁鸠鲁仅和同道者一起生活，且只吃干面包（奶酪，唯有节日才加点），也是他追求幸福的途径。在这方面，他是成功的，但这导致他体弱多病，而多数人需要旺盛的精力。这样追求快乐过于抽象，且操作性不强。但是，我想，除传奇之人和英雄人物外，无论你以何种准则来生活，都不应与幸福背道而驰。

　　很多人有着健康的身体和丰足的收入，这固然是幸福。然而，幸福却与他们无缘，就这一点来讲，似乎是生活原则出了问题。从某种意义上讲，任何有关生活的理论都不容佐证。动物和人类迥然相反，动物因本能而活，它们的快乐建立在客观条件是否得以满足的基础上。假如你养了只猫，它只要有东西吃，有温暖的地方睡，晚上可以时不时出去就很幸福了。人的需求也是以本能的满足为基础，但比起猫来，要复杂得多。处于文明社会，特别是讲英语的人们极其容易忘记这一点。人们定一个最高的目标，然后克制住所有与实现此目标相背离的冲动。生意人过于急切赚大钱，可以牺牲健康和爱情。等到他腰缠万贯时，除了奋斗历程可让他人效法，但幸福并没有如期而至。很多贵妇人，尽管自身并不倾心于文学或艺术，却故作高雅，浪费时间去学习如何讲述流行的新书。而读这些书的目的不是让人附庸风雅，而是带来读书的乐趣。

试着观察身边那些所谓的幸福男女，就会发现他们的相似之处。其中一点尤为重要：在多数情况下，生活本身是一种乐趣，借此可达成愿望。那些天生喜爱孩子的女人，能从相夫教子中得到快乐。艺术家、作家和科学家能够从工作的成就中获得快感。不过，还有很多低层次的幸福。诸如，在城里工作的许多人，到了周末，就在自家庭院里劳动，春天来临之时，就可全身心地享受劳动带来的如画的风景。

在我看来，过去人们把幸福过于严肃化。以往，人们认为，要想拥有幸福，就必须拥有自己的生活原则或者宗教信仰。那些人认为自己的不快乐是源于低级理论，觉得唯有拥有一种较好的生活理论，他们的生活才会重焕生机，就像生病需要吃补药一样。但是，正常情况下，健康人不应以吃补药为生，不应把是否拥有理论作为生活幸福与否的标准，真正的幸福是微不足道的小事。假如一个事业有成的男人体贴妻子，爱护儿女，并时时刻刻满脸微笑，即使他们的生活原则糟糕透顶，他也是个快乐之人。相反，假如厌烦妻子，厌恶孩子的吵闹，怯于工作，整天巴望着日子快快溜走，那他就需要一种新的生活方式——改变饮食习惯，多运动等等，而不是新的生活理论。

 画龙点睛

不明智地追寻，幸福才会遥不可及，因为生活本身就是一种乐趣，走好通往幸福的道路，你会发现，其实幸福很简单。

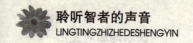

从心里微笑

在一时的冲动下，一位中年女士——她的丈夫在南北战争中牺牲了——去照相馆拍照。坐在照相机前时，她的脸上仍是那副让邻居家小孩子感到害怕的严厉、僵硬、可怕的表情，这时，摄影师突然从黑布里钻出来对她说"眼神再愉快一点。"

她尝试了一下，但依旧是一副呆板、沉重的表情。

"表情再愉快一些。"摄影师以平静但却充满自信的命令语气说。

"听着，"女士恼羞成怒地反驳道，"如果你认为一个情绪低落的老女人能够看起来非常愉快，一个感到烦恼的人，每次你让她愉快，她就能愉快的话，那说明你对人性一点也不了解。要有让人高兴的事，才能使眼神明亮、容光焕发！"

"哦，不！不是这样的！快乐应该是发自内心的，你再试一次。"摄影师和蔼地说。

他的良好态度鼓舞了她的信心，她又试了一次，这次的效果好多了。

"太棒了！非常好！你看起来年轻了20岁。"摄影师一边叫道，一边在闪光灯闪烁的瞬间，抓住了她转瞬即逝的面部表情。

她怀着一种奇怪的感觉回家了。这是自丈夫去世后，她第一次听到别人对她的称赞，这给她留下了愉快的记忆。

当她回到她的小屋时，久久地注视着镜子，说："也许里面会有什么东西。我会等着看照片。"

当照片送来的时候，她看起来就像脱胎换骨了一般。久违的青春火焰使她的面容仿佛恢复了活力。她久久地、诚挚地注视着照片，然后用清晰、坚定的语气说："如果我能做一次，那我就一定能再做一次。"

她走到衣柜的镜子前，对自己说："高兴起来，凯瑟琳。"久违的光芒再一次照亮了她的心。

"看起来愉快一些!"她命令道，一个恬静、喜悦的笑容在整个面部扩散开来。

她的邻居们很快就注意到了她脸上的变化：

"哦，凯瑟琳，你看起来越来越年轻了。你是怎么做到的?"

"这几乎都是内心的作用，你只要从心里感到高兴和快乐就行。"

"命运对我很残酷，但我看着它并大笑。欢乐一直伴随着我，当我坐下时，它停在我身边，对我说：'我来看看你在笑什么。'"

每一种情绪都能将身体塑造得或美丽或丑陋。忧虑、烦恼、纵情、任性、不满、欺骗、虚伪、妒忌、恐惧，这些情绪中的每一种都能对身体造成影响，像毒药或瘟疫一样，会给身体带来很大的伤害。

哈佛大学的詹姆斯教授是精神学科方面的专家，他说："美德或邪恶的每一个微小的行为都会留下非常小的疤痕。严格说起来，我们所做的事，没有一件能不留痕迹。"使外在美丽的方式就来自于内在的美丽。

据说，有一次，著名传教士德怀特·穆迪在北原教学时，要他的学生们每人讲一句有道理的话，并奖励最优秀者500美元。而下面这句话赢得了这笔奖金："人们为玫瑰上的刺而抱怨上帝，但是否更应该为刺上的玫瑰而感谢上帝呢?"

当我们下定决心去接受我们所发现的世界时——包括它的刺在内，我们就成功了一半。法国作家丰特奈尔说："过多的期望是通往幸福之路上的最大障碍。"这正是生活的真实写照。

美国法学家奥利佛·温德尔·霍姆斯晚年的时候，对他童年时的保姆满怀感激之情。他的保姆非常热心地教他怎样忘记不愉快的事情。如果他碰伤了脚趾，擦破了膝盖或撞伤了鼻子，他的保姆从来不允许他的思想停留在疼痛上，而是把他的注意力引到一些漂亮的东西，动人的故事或快乐的记忆上去。他非常感激保姆给他带来了一生的阳光。这样的

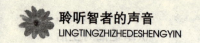
道理，一个人在童年时很容易掌握，中年时就很少能够领悟，到老年时则无论如何也学不会了。

我们应该教孩子养成随时随地地都能找到快乐，对任何事物都持有乐观态度的习惯。

席勒曾说："心灵的平静对一些人来说是轻而易举的，但对另一些人来说却非常困难。不过，这种平静是可以进行传授和学习的。我们应该有这样的老师：他们能够像在音乐和艺术方面一样，在天性上也对我们进行培养。想象一下，如果能有这样的学校或班级来训练人们在所有困扰面前也能保持平静的心态，那该多好！"

 画龙点睛

快乐是要发自内心的，微笑并不代表快乐。请记得快乐，从心里发出的微笑才最美。

像阳光一样温暖

美国作家詹姆斯·巴克海姆曾说起过他认识的一个人："有一个非常可爱的老人，他每天早晨坐 8 点 30 分的火车去小镇。我不知道他的名字，但我比镇上的任何人都了解他。无论多远，只要你能看到他，他就会向你传递欢乐。他的脸上总是笑容可掬，虽然他很少说话，但只要一开口，所说的话一定非常亲切、有礼、温厚。所有人都向他点头致意，即使是陌生人也不例外；他也向所有人点头致意，但从未带有一丝一毫的放肆或不敬之意。在风和日丽的日子里，他那令人愉快的问候会使天气显得更好；如果是雨天，他谈论天气时的乐观语气则像彩虹一样美丽。"

美国医学家惠普尔说："有些人天生的亲切感其实就是一种财富。"有那样一些人，无论走到哪里，只要他们出现，就会带来阳光。这里所说的阳光是指对穷人的怜悯，对痛苦者的同情，对不幸者的帮助以及对所有人的善行。

每个人都喜欢快乐的人：他的笑容就是去往各地的护照，所有的大门都为他敞开。他能消除骄傲与妒忌，因为他把好心情带给每一个人，他像阳光一样，受到所有家庭的欢迎。

英国作家卡莱尔在他的回忆录里曾提及过苏格兰宗教改革运动领袖爱德华·欧文的乐观性格："他很安静、乐观、亲切。他的心灵像镜子一样平静、清晰，他真诚地爱他人，也为他人所爱。对我来说，欧文的话语就是一种充满希望和幸福感的声音。"

英国著名诗人骚塞对废奴制先驱威廉·威尔伯福斯有这样的赞美之词："我从未见过其他任何人能像他这样享受精神上永久的平静和快乐。"

英国作家戈德史密斯在佛兰德斯的时候，发现了一个他所见过的最快乐的人。这个人从早到晚不停地干活，并一直伴随着歌声和欢笑。然而，这个性情乐观的人却是一个残废、丑陋、戴着镣铐的奴隶。他充分证明了那句给我们以启迪的话：如果看不到光明的一面，就去改变阴暗的一面吧！

在一次花展上，一等奖被一个苍白、瘦弱的小女孩儿夺得。她住在伦敦东区一个狭窄阴暗的庭院里。评委问她：在这样一个阴暗、没有阳光的地方，她是怎样育出如此美丽的花？她回答说：庭院内能照进一缕阳光，每天早上太阳升起的时候，她就把花放到这缕阳光下，随着光线的移动，她也不停地挪动花盆，这样就可以让花一整天都得到阳光的照射。

"水、空气和阳光，是三种最有益于健康的能量，而且是免费的，人人都能轻易获得。"沃尔特·惠特曼说，"12 年前，我准备去坎登度过生命中最后的时光。每当我漫步在乡村里，沐浴在阳光下，与鸟儿和松鼠共同生活，与鱼儿在水中嬉戏，我都感到神清气爽、心情愉悦。是大自然又使我恢复了健康。"

"在我照顾病人的所有经历中，"弗洛伦斯·南丁格尔说，"有一种观点，是说病人对灯光的需要仅次于对新鲜空气的需要，这是一个不正确的结论。在一个封闭的房间里，对病人伤害最大的就是房间里的阴暗。他们需要的不仅仅是灯光，而是阳光的直接照射。"

太阳使万物得以生长，同时也发挥着最令人快乐的影响，使人精神振奋、心情愉快。如果一个人心中拥有阳光，他就会走上幸福之路。在压力之下也愿意向前看，即使有片刻沮丧，也不会减少一丝精神力量或希望。无论自己现状如何，都对所拥有的一切心满意足，即使衣衫褴褛，也心存感激。不仅自己要快乐，也要把快乐分享给他人。

画龙点睛

唯有心中充满阳光的人，才能真正享受阳光的快乐；唯有阳光处世、阳光做人，才能真正成为一个阳光的人。这一条，是真理，我们任何时候都应当坚定不移。

让心灵保持纯净

　　日本的白隐禅师，道行高深，颇有盛名，他的故事流传的很多，其中最有名的是这样一个：白隐居住的禅寺附近有一户人家的女孩怀孕了，女孩的母亲大为愤怒，一定要她找出"肇事者"。女孩用手朝寺庙指了指，说："是白隐的。"

　　女孩的母亲跑到禅寺找到白隐，又哭又闹，白隐明白了怎么回事后，没有做任何的辩解，只是淡然地对女孩和她母亲道："就这样吗？"孩子生下后，女孩的母亲又当着寺院所有僧人的面送给白隐，要他抚养，白隐把婴儿接过来，小心地抱到自己的内室，然后安排人悉心喂养。

　　多年以后，女孩受不住良心的折磨，向外界道出了事情的真相，并亲自到白隐的跟前赎罪，白隐面色平静，仍是淡然地说了句："就这样吗？"轻轻的几个字，包含着多少的威力和内涵！什么样的魔墙不坍塌，什么样的利刃不钝折，什么样的道行敢与之齐肩？

　　面对诋毁和陷阱，有的人畏惧、有的人抗争、有的人处之泰然、更有的人不闻不问。依然故我，一副闲云野鹤之态：风来拂面，不着痕迹；雨来刷身，不觉清凉。合目独立，内心一片湛蓝，一天的湛蓝。

　　世事冗杂反复，不虞之事甚多，很多人都学会了明哲保身，小心从事。这就是有人所谓的鱼的哲学：水底的鱼儿，危机四伏，一方面要巧妙地躲避大鱼的侵袭，一方面又要偷闲自由自在的游弋。做到这一点就是一条明智的鱼，一条能长大的鱼。

　　白隐不做那条鱼，他宁做海底的礁石，固守住心中的炽热和坚硬，让时间去考验，让沙浪去淘洗，等到所有的水退去，露出的才是自己真正的本色。

　　这本色，是生命的原色，让所有沾染世俗又不得不失去一些自我苟且生存的羞愧汗颜，又备觉渺小。

　　谁能说白隐不明智？他的智，是大智，是佛智，无人能及。

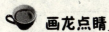 **画龙点睛**

　　无论在哪里，无论在做什么，只要用一颗平常心去感受、去对待，就算你在无人的深谷里，欣赏不被看好的事物，你也是快乐的。因为你的心中流淌的是一片清澈的小溪，即使有点污秽，心中的阳光依然可以装满心田。人生亦是如此，因为它被装饰的太过完美了，才使更多的人去追求完美。

快乐由你决定

　　杰里是一个让人又爱又恨的家伙。他的情绪一直很好，总是有开心的话题。当人们问他如何做到这一切的，他会答非所问地说"好得不能再好了！"

　　他是个独特的老板，从一个餐馆到另一个餐馆，总有几个服务员忠贞不渝地跟随着他。这是因为杰里的生活态度：他天生就是一个可以为别人带去快乐的人，如果他的服务员情绪不佳，杰里就会告诉他如何往好的一面看。

　　这种生活态度使我觉得很好奇，所以，有一天我问杰里："我不明白，你不可能总是以积极的态度面对生活，你是怎么做到的？"

　　杰里回答说："清晨醒来时，我总会对自己说：'杰里，今天你有两个选择，你可以选择好心情也可以选择坏心情。'我选择好心情。糟糕的事情发生时，我也同样有两个选择，当一个牺牲者，或是从中汲取教训，我选择后者。每当有人向我诉苦时，我可以选择接受他们的抱怨，也可以选择指出生活积极的一面，我同样选择后者。"

　　我反驳说："是的，你说得很对，但真正做到却没那么容易。"

　　杰里回答说："对，的确如此。生活中充满了各种选择，如果你能抛开所有的障碍，那么任何境遇其实只是一种选择的结果。你可以选择如何应对这种境遇，选择人们如何影响你的情绪，选择处在好情绪还是坏情绪之中。其原则是：怎样生活是由你自己决定的。"

　　我反复思索杰里的话。不久后，我离开了餐饮业，开创了属于自己的事业，同杰里也失去了联系，但每当需要对生活做出选择而不是如何应对的时候，我就会时常想起他。

几年后，在经营餐饮的过程中，杰里经历了让你做梦也无法想到的事情：一天早晨，他忘了关后门，结果被 3 个持枪分子劫持。在他试图打开保险柜的时候，由于过度紧张，手不停地发抖，结果遗漏了密码。慌乱之中，那伙盗贼向杰里开了枪。

幸运的是，杰里被人发现并送到了当地的外科中心医院。经过 18个小时的手术和数周的特别护理，杰里出院了，但他的体内仍残留着子弹的碎片。

六个月后，我见到了杰里。当我问他过得怎样时，他回答说："好得不能再好了！想看看我的伤疤吗？"我拒绝了，只是询问那件事发生时他在想什么。

杰里回答说："首先，我想到的是我应该把后门锁上。之后，我躺在地上的时候，想到自己有两个选择——生或死，我选择生。"

我问道："你难道不怕吗？你失去意识了吗？"

杰里继续说道："护理我的人实在太伟大了。他们不停地告诉我会没事的，但当他们把我推入抢救室的时候，我看到了医护人员脸上的表情，我真的害怕了。我读出了他们眼中的话语：'他是一个垂危的病人。'我知道，我要采取行动了。"

我问道："你做了什么？"

杰里回答说："有一个很高大的护士一直大声地问我问题。她问我是否对什么东西过敏。我回答说：'是的。'医护人员便停下来听我说。我深吸一口气，然后大声说道：'子弹！'他们听后都笑了，然后我告诉他们：'我选择生，所以手术时请把我当作一个活着的人，而不是一个死人。'"

杰里能够活下来，应感谢医生们的高超医术，也同样要感谢他身上令人惊奇的生活态度。我从他那里学到：每一天，我们都要开心地活着。

画龙点睛

　　生活中有很多不幸与困苦，但是如果你被它们打败的话，我们的人生将毫无生气；但是如果我们坦然面对这些上天为我们所安排的考验，并用自己的坚强意识度过这样的一个个难关，相信迎接我们的将是幸福的明天。不管遇到任何事情，我们都要开心的过好每一天。

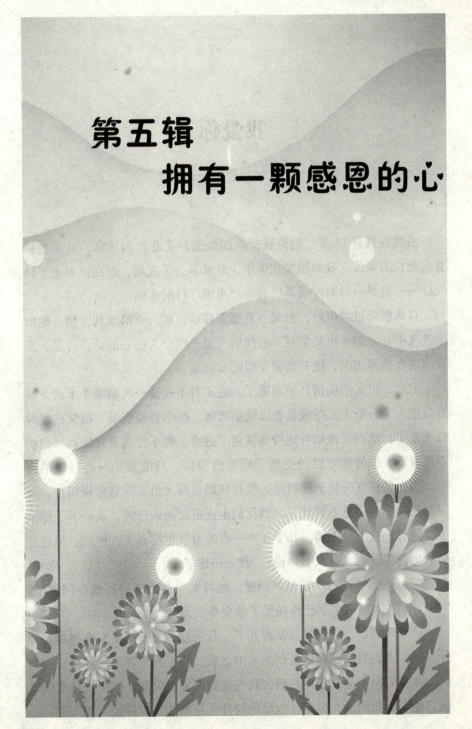

第五辑
拥有一颗感恩的心

我爱你

　　虽然我只有 12 岁，但是我却深深地懂得了悲伤的滋味，甚至也体会到死亡的痛苦。我的祖父在他年少时就学会了吸烟，现在他患上了肺气肿——这是一种对呼吸系统有着严重破坏性的疾病。

　　自从祖母过世以后，祖父一直郁郁寡欢，对一切都感到厌烦。他向来脾气不好，如今更是常对关心他的人说一些令人伤心的话。可是，当我出现在他身边时，他却能够变得随和起来。

　　近来，祖父的病情开始加重了。他不得不接受一次咽喉手术，并在患处植入了一个人工呼吸装置以辅助呼吸。医生曾经表示，祖父已经时日无多了，然而，他却奇迹般地恢复了健康。他不再需要呼吸器，但仍不能说话。他的咽喉已经受到了严重的损坏，只能发出一些轻微的声音。当祖父住在医院里的时候，我和妈妈常乘飞机去匹兹堡探望他，大家都很担心再也见不到他了。当我们走进祖父的病房时，我一下子惊呆了，他看上去十分虚弱，几乎连哼一声的力气也没有了，但是，他还是极力想说些什么，我只听他说："我……你。"

　　"你什么，爷爷？"我轻声问道。他再也没有力气回答我的问题了，"我"和"你"两个字已经耗尽了他全身的力气。

　　第二天清晨，我和母亲就离开了。我一直在想，祖父究竟想对我说什么呢？直到我回到乔治亚州的家中之后，我才有所领悟。

　　在我们回家一个星期之后，我们接到那家医院的一位护士打来的电话。她告诉我们说，祖父让她给他的孙女打电话，告诉她"爱"。

最初，我有些困惑，不知道他为什么只说一个"爱"字，而不是说"我爱你"。不过，我随即便想起来那天在医院里他费尽全身力气想要告诉我的话，原来就是"我爱你"。想到这一点，我被深深地打动了。一股暖流顿时涌上心头，我的眼睛不禁有些湿润了。

几个星期的痛苦折磨后，祖父终于可以开口说话了。我们每晚都要给他打电话，而祖父常常说 5 分钟就要停下来歇一下，因为他实在太虚弱了。即便如此，每次在我们挂断电话之前，他总要对我们说一句"我爱你"或"我愿意为你们付出一切"，除此之外，还有一句令我深为感动的话："你是我活下去的唯一理由。"这些话，是我所听过的最好的赞美。

如今，祖父的病情依然没有大的好转。我也懂得，与他在一起的时间将越来越少。值得庆幸的是，祖父愿意让我和他一同分享他的情感。这份经历使我学会了许多事情。不过，我懂得的最重要的一点就是，"我爱你"这三个字并不像看上去那样简单，它可以是一个人生存下去的理由。

 画龙点睛

　　"你是我活下去的唯一理由"祖父对"我"的爱成为了他活下去的理由，"我爱你"并不只是简单的三个字，它代表的情谊无比深厚。

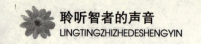

当孩子慢慢长大

当你的孩子是个婴儿的时候，你所记得的是，惊讶于自己创造出来的堪称完美奇迹的作品，并怀有不可思议的敬畏。你记得拥有大量时间去传授你所有的智慧和知识。你认为你的孩子会接受你所有的忠告而少犯错误，会比你孩提时聪明得多。你希望你的孩子能迅速长大。

孩子2岁时，你所记得的是，你从不能单独使用卫生间，或者从没看过一部与动物无关的电影。你记得蜷缩在卧室衣柜与朋友通电话的那些下午，深信你的孩子会是毕业典礼上第一个身着套头衫的名牌大学毕业生。你记得你担心口袋里的那袋 M&M 会融化在衣兜里，毁坏你体面的衣服。你多么希望你的孩子更加独立。

孩子5岁的时候，你所记得的，是他第一天去上学，而你终于独自拥有了整个房子。你记得参加了家长会，你被选为会长。当你离开会议室去洗手间时，你记得，孩子问你"真的有圣诞老人吗？"，你说"是的"。因为他还需要一段时间才能自己判断。你记得抖落沙发垫子，找出些零钱，这样牙齿仙子会过来带走孩子掉落的第一颗牙齿，你多希望孩子的牙都换成了恒牙。

孩子7岁的时候，你所记得的是合伙用车。你学会了在两分钟内化完妆，照着汽车的后视镜刷牙，因为你只有等汽车停在红灯前才能给自己找出一点时间。你考虑着把车子漆成黄色，放个"出租车"的标志在车库门旁的草坪上。你记得有几次下车后，有人盯着你看，因为你不断用脚踩油门加速，制造噪音。你多希望你的孩子能学会开车。

孩子 10 岁的时候，你所记得的是组织学校的募捐者，你们兜售包装纸，所得的钱用来粉刷学校，卖 T 恤衫的钱用来添置新家具，为了在学校操场上种些遮阳树，你们劝人订阅杂志。你记得车库里有上百盒糖果等待出售，卖得钱后学校的乐队就可以购置新制服，可那些糖果竟全部融化在一起了，那个春天的下午简直太暖和了。你多么希望孩子快快长大不再玩什么乐器。

孩子 12 岁的时候，你所记得的是，坐在体育场上看棒球练习赛，你希望孩子所在的队很快被淘汰出局，因为家里还有更重要的事儿等着你去做。教练不明白为什么你总是那么忙，你多希望棒球赛季快点过去。

孩子 14 岁时，你所记得的是，早上他不让你把汽车停在学校门口，你只好向前开过两条街，车还没停稳他就赶紧打开车门。你记得在他朋友面前你没有跟他吻别或者说话。你多希望你的孩子能更成熟些。

孩子 16 岁的时候，你所记得的是，吵闹的音乐和那些节奏感极强的尖声唱出的晦涩难懂的歌词。你多希望孩子快点长大，带着音响离开家。

孩子 18 岁了，你所记得的是，他们出生的那一天，拥有世界上所有的时光。

当你在寂静的房子里走来走去时，你猜想着他们去了哪里，你多希望你的孩子不要这么快长大。

 画龙点睛

"你多希望你的孩子不要这么快长大。"当孩子渐渐长大，慢慢脱离你的怀抱，那样的失落不言而喻，把你所记得的永远保存吧！

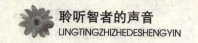
论青春常在之感

　　没有哪个年轻人相信自己会死去。这句话是我哥哥说的，它真算得上一句妙语。年轻人有一种永生之感，这似乎能弥补一切。拥有年轻的人就好像是一尊不朽的神灵。一半的生命已经流走，但蕴藏着无尽宝藏的另一半生命还没有明确的下限，因此，我们对它也就抱着无穷的希望和幻想。我们把未来的时代完全据为己有——无限辽阔的远景在我们面前展现着。

　　死亡、年老只不过是空话，没有任何意义。我们听了，并没有放在心上，如同吹过的一缕风。这些事，别人或许已经历过，或者可能就要经历，但是我们自己"享受着魔法保护的生命"，对于诸如此类脆弱的念头，统统会轻蔑地一笑了之。像是刚刚走上愉快的旅程，极目远眺，向远方的美好景象欢呼！

　　这时我们会觉得好风景应接不暇，如果往前走的话，还会有更多美不胜收的新鲜景致。在这生活的开端，我们任由自己的志趣驰骋，放手给它们一切满足的机会。到此时为止，我们还没有碰上过什么障碍，也没有感觉到什么疲倦，因而觉得可以一直这样向前走，直到永远。我们看到四周一派新天地：生机勃勃，变动不息，日新月异。我们觉得自己充满活力，精神高涨，可与宇宙并驾齐驱。而且，眼前也没有任何迹象可以表明，在大自然的发展过程中，我们自己也会落伍、衰老、归于坟墓。年轻人天性单纯，可以说茫然无知，总有青春常在之感，会将自己跟大自然画上等号，并且，由于缺少经验，情感旺盛，总是以为自己也能像大自然一样永生。我们在世界上只是暂时栖身，却一厢情愿、痴心妄想地把它当成长久不变的结合，好像没有冷漠、争吵、离别的岁月。就像婴儿带着微笑入睡一样，我们躺在用自己的天真幻想编织成的摇篮里，让宇宙的万籁之声为我们催眠，我们高兴而急切地畅饮生命之杯，怎么也不会饮干，好像永远是满盈欲溢的，包罗万象纷至沓来，各种欲望随之而生，我们没有时间去思考死亡……

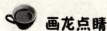 **画龙点睛**

　　生命是一团纯净的火焰，我们依靠自己内心看不见的太阳而生存。青春是美好的，充满了希望，充满了对未来的憧憬。

每一天都是机会

　　安妮·韦尔斯是我的妹夫，他打开我妹妹书桌最底下的抽屉，拿出一个裹着纸片的小包。"这个，"他说，"不是一张纸片，而是一件女士内衣。"他弄掉纸片，把它递给我。这是件精致的女士内衣，它是用手工缝制的丝制品，齐整的镶着蛛网似的花边。衣服上甚至还钉着数额惊人的价格标签。"这是我和简第一次去纽约的时候买的，至少是八九年以前了，她从来没有穿过，她一直在等一个特殊的场合。我想，现在该是时候了。"他从我手上拿过内衣，把它和其他一些衣服一起摆到床上，我们要把它们带到殡仪馆。他的手在那柔软的面料上摩挲了一会儿，然后"砰"的一声关上抽屉，转过来对我说："千万别珍藏什么东西去等一个合适的机会，你活着的每一天都是一个机会。"

　　我牢记着这些话，帮着他和我的侄女处理这起因意外事故丧生后的葬礼和各种悲伤琐事。在我从妹妹居住的这个中西部地区小镇飞往加利福尼亚的飞机上，我还在回想着这些话语。我想着那些她从来没有见过、听过、或者做过的事情，我想着那些她经历过却没有意识到其独特性的事情。

　　现在我仍然还在思索他的话，它们甚至改变了我的一生。我阅读更多的东西，少了很多迷惑。我坐在草地上欣赏风景，不再去担心花园的杂草。我花更多的时间陪伴家人和朋友，不再一味的去参加无聊的会议。不论何时，生活应该是一种享受的过程，而不是忍受。我开始认识并珍视现在的每一时刻。

　　我不再珍藏任何东西，我用上好的瓷器和水晶器，庆贺每一件事——比如减掉了一磅体重，打通了堵塞的下水道，开放了第一朵茶花。只要我喜欢，我会穿上我漂亮的夹克衫去逛超市。我的逻辑是，如果我看上去够有钱，我会毫不犹豫地花 28.49 美元去买一小袋杂货。我不会珍藏我的名贵香水去等待一个特殊的晚会，商店职员和银行出纳员的鼻子跟我舞友的鼻子有着同样的功能。

　　"总有一天"和"某一天"对我已经失去了意义。如果某件事值得去看、去听、去做，我会立刻去实行。我不知道，如果我妹妹知道她不再拥有我们都认为理所当然会到来的明天时，她会怎么做。我想她会给家人和一些亲密的朋友打电话。她会打电话给以前的一些朋友，为曾经发生过的争论道歉或弥补关系。我想她会出去，到一家中餐厅，吃她最喜爱的食物。我只是猜想，或许永远都不会知道了。

　　如果时间紧迫，而我还有一些事情没有做完，我会愤怒不已。我会为不得不把准备去拜访的朋友推延到"某一天"而恼火，为曾设想着的"总有一天"会写下来的词句，而没有写下来而生气，为没有尽可能多的告诉我的丈夫和女儿我是多么爱他们而后悔和遗憾。

　　我尽最大的努力避免推迟，延误，保留那些能给我们的生活增添欢乐和色彩的东西。

　　每天早上，我睁开眼睛，告诉自己这是特殊的一天。每一天，每一分钟，每一次呼吸……都是上帝对我们的恩赐。

 画龙点睛

　　把每一天都当成上帝的恩赐，快乐的过生活，不要珍藏什么东西去等一个合适的机会，每一天都是一个机会。

活在当下

在很大程度上，能不能生活在此时此刻，是衡量我们内心世界是否平和的一个标准。不论昨日或去年发生了什么，也不管将会发生什么，此刻才是我们的真正所在，并且始终都是！

诚然，许多人把生命耗费在焦虑之中，我们同时对一连串的事情忧心，因此而导致的神经过敏几乎成了一种我们熟稔的艺术。对过去的困惑和对未来的忧虑占据了我们当前的每时每刻。于是，我们整日忧心忡忡，灰心丧气，情绪低落，甚至悲观绝望。另一方面，我们不断推延让自己获得满足感的时间，推延应当优先考虑的事，推后自己的幸福感，并常用最有力的理由说服自己，"有一天"将会比今天更加美好。遗憾的是，如此期待未来的精神安慰只会周而复始地重复。所以，"有一天"永远都不会真正的到来。约翰·列农曾经说过，"生活就是我们忙于制定其他计划时所发生的一切。"当我们正制定"其他的计划"时，孩子们正迅速地成长，爱人或离开或死亡。我们的身体开始变形，梦想开始消逝。总之，我们正失去生活。

许多人沉迷于对未来的幻想中。现在的生活，对他们而言，就像是未来生活的彩排。然而，生活绝非如此。事实上，任何人都不能保证自己明天仍存于世间。此刻是我们拥有的唯一时间，也是唯一能控制的时间。当我们的注意力集中于此刻时，就会将恐惧抛至脑后。恐惧是我们对未来可能发生之事的忧虑，我们没有足够的钱，我们的孩子会陷入麻烦，我们会变老甚至死亡，等等。

战胜恐惧最好的策略是，学会将注意力转回现在的每时每刻。马克·吐温说过，"我一生经历过许多恐怖的事，但有一些纯粹是偶然。"我想，没有比这说得更好的了。如果把你的注意力集中在此时此刻，你的付出终将有回报。

 画龙点睛

　　不要把生命耗费在焦虑之中，活在当下，战胜恐惧最好的策略就是把注意力放在每时每刻。

善与恶

对城中的一位老人说："请给我们讲讲善与恶吧。"

他答道："我可以谈谈你们身上的善，但却无法诉说恶。"恶不就是被自己的饥渴折磨的善吗？事实上，当善饥饿时，它甚至会在黑暗的洞穴中觅食，当它口渴时，它甚至会饮死亡之水。

当你们心神合一时，你们是善的；但当你们心神不一时，你们也不因此而为恶。因为一间隔离的房屋并不是贼窝，它只是一间隔离的房屋。没有舵的船也只是在艰险的岛屿边沿漂浮不定，而不会沉入海底。

当你们努力地奉献自己时，你们是善的；但当你们奔波于自己的所求时，你们也不是恶的。因为当你们奔波于自己的所求时，你们只不过是紧紧缠绕着大地吮吸其乳汁的根而已。当然，果实不会对根说："像我一样，成熟而饱满，而且乐于将自己的丰盈贡献出来。"因为对果实来说，贡献是必需的，就如接受吮吸对于根也是必需的。

当你们在谈话中保持绝对清醒时，你们是善的。但当你们在梦中口齿不清地呓语时，你们也不是恶的。即使是结结巴巴地讲话，也会使孱弱的舌头强健起来。

当你们坚定地向目标昂首阔步时，你们是善的。但当你们踉跄而行时，你们也不是恶的。因为踉踉跄跄的人并没有后退。

然而强壮而敏捷的人，你们不要认为在跛者面前跛行就是善。你们的善表现在许多方面，你们不善时也不是恶的，你们只是慵懒怠惰罢了。遗憾的是麋鹿无法让乌龟变得迅速。

当你们渴望自己的"大我"时，你们的善便已存在，而且你们每个人都有这种渴望。但你们中有些人的渴望是汹涌入海的激流，载着山峰的秘密和森林的乐曲。而其他人的渴望是平缓的小溪，在抵达海岸前就已在曲折蜿蜒或峰回路转中迷失了自我。

渴望颇多的人不要对清心寡欲的人说："为什么你们这样迟钝呢？"

因为真正的善者不会问赤身裸体的人："你的衣裳呢？"也不会问无家可归的人："你的房子怎样了？"

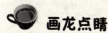 **画龙点睛**

当你们努力的奉献时，你们是善的，可是当你们奔波于自己的所求时，你们也不是恶的。每个人心中都有自己善与恶的标准。

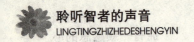

罪与罚

　　当你们的灵魂随风飘摇时，独行而大意的你极易对人对己犯错。由于所犯过错，你们必须去敲响承受恶运之门，饱受冷落。

　　你们的神性仿佛大海，永远不会被亵渎。又如天空，它仅仅容纳伸展双翼者高飞。你们的神性甚至如同太阳，不了解鼹鼠的来往途径，也不搜寻蛇的洞穴。

　　但你们的神性不是单独居住在你们身上——在你们身上多数是人性，还有许多非人性，而是一个未成形的侏儒，在迷雾中梦游，找寻着自己的清醒。

　　我现在想说说你们身上的人性，因为熟识罪与罚的只有它，不是你们的神性，也不是迷雾中的侏儒。我常常听你们谈起犯了某个错误的人，好像他不是你们中的一员，而是一个闯入了你们世界的陌生人。然而我要说，即使是神圣正直之人，也不可能超越你们每个人心中的至善，同样，即使是邪恶软弱之人，也不可能低于你们心中的至恶。宛如一片孤叶，未经大树的默许就不能枯黄，那犯罪之人，未经你们全体的暗许就不能为非作歹。你们就像一列向着人类"神性面"迈进的队伍，是坦途，也是路人。若其中一人跌倒，他是为后面的人跌倒，让他们小心地避开绊脚的石头。他也是为了前面的人跌倒，他们步伐虽然迅捷稳健，然而却没有移走绊脚石。

　　还有，这话或许让你们听上去心情沉重：被害者对其被害难逃其咎，被劫者对其被劫难逃其责；正直者对其邪恶行径也不是毫无干系的，无辜者对暴虐之徒的罪行也不是清清白白的。

是的，犯罪者通常是被害者的替罪羔羊，更为常见的是，负罪者担负了无罪和免于谴责之人的重担。你们不能区分正邪善恶，因为它们在阳光下共存，仿佛黑线与白线混织在一起。黑线一旦断开，织工就应检查整块布，也应看看机杼。

倘若你们谁要把一位不忠的妻子送上法庭，请他也用天平测测她丈夫的心，用尺去量量他的灵魂。让那欲鞭笞犯罪者的人深入那受害者的灵魂。

倘若你们谁要以正义之名，砍伐一株邪恶之树，请他瞧瞧那树的根基；他必将发现善根与恶根、产果的根与不孕的根全部纠结在大地静谧的心中。

你们这些欲主持公正的法官，对于那表面老实而包藏祸心的人，将怎样宣判呢？对于那因伤人身体而精神受伤的人，将怎样处罚呢？对于那欺诈压迫他人而又受虐和受害的人，将怎样起诉呢？对于那些忏悔多于过失的人，又怎样惩罚？

难道你们信奉的法律所要伸张的正义不是使人忏悔吗？但是，你们无法将忏悔加诸在无辜者头上，也无法将它从罪犯的心中取出。在午夜它不请自来，发出呼唤：人们会清醒，审视自身。而你们这些将了解公正的人，如果不在青天白日下明察秋毫，又怎会了解公正呢？

只有那时你们才会明白，那站立的与倒下的不过是同一个人，他身为侏儒的阴暗面与身为神性的阳光面融合于一身；你们会明白：庙宇的边石并不比那地基中的石头高贵。

 画龙点睛

庙宇的边石并不比地基中的石头高贵。犯罪与惩罚的根本如何分得清楚呢？

从生活中汲取知识

施与别人尽可能多的东西，并要欣然为之，牢记你最爱的诗歌。

不要相信你所听来的一切，也不要耗尽你所拥有的一切，更不要将时间都浪费在睡眠上。说"我爱你"时，要满怀诚意；说"对不起"时，要注视对方的眼睛。

至少在订婚半年后再结婚，要笃信一见钟情。

对别人的梦想不妄加嘲讽，没有梦想的人不会拥有很多。

全心投入地去爱，或许你会受到伤害，可是，这却是使生活完整的唯一途径。

意见相悖时，要公正地争论，切不可大吵大嚷。

不要以一个人的亲戚的言行来评判此人。

说话语速宜慢，但反应要快。

当有人问及你不想回答的问题时，要笑问对方："为何想知道答案?"

谨记：不朽的爱情和伟大的成就要冒巨大的风险才可获得。

要多打电话问候父母。

听到某人打喷嚏时，要说："上帝保佑你。"

失败时，要记着吸取教训。

铭记3R原则，即：尊重自己，尊重他人，对自己的行为负责。

不可因小事而伤害友谊。

一旦意识到自己犯了错误，就要及时采取措施予以补救。

接听电话要保持微笑，因为对方可以从你的声音里感受到你的热情。

与有共同语言的人结为夫妻，那样在你年老时，就会发觉有共同的话题比其他任何事情都更为重要。

给自己留些独处的时间。

勇于改变，但切不可放弃你的价值观。

记住：有时沉默是最好的回答。

多读书，少看电视。

过一种优质而高尚的生活，那样，当你逐渐老去回首往事时，才会再次体味到生命的意义。

相信上帝，但要锁好你的车。

爱的氛围对一个家是何等重要，努力营造一个温馨和睦的家吧。

与至爱的人意见相左时，要恰当地处理当前事态。

不要总翻旧账，过去的就让它过去吧。

要透过现象看事情的本质。

经常祈祷，它会使你力量倍增。

不要打断别人对你的溢美之词。

管好自己的事儿。

不可相信睁眼同你亲吻的人。

一年当中，去一次你从未去过的地方。

倘若你发了财，要在有生之年用这些钱去帮助别人，

这是财富最伟大的满足。

谨记：塞翁失马，焉知非福？

谨记：伟大的友情往往都是付出的多，而索取的少。

判断一个人成功与否，要将他的办事能力与实际结果予以比较；而不是将他与别人作比较。

要想得到情爱和食粮，就要不吝舍弃。

 画龙点睛

要想得到情爱和食粮，就要不吝舍弃。相信生活，它给人的教诲比任何一本书籍都要好。

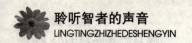

美丽的生命

举目远眺，没有绿色。天是黄的，地是黄的，连路两边的蒿草也是焦黄的。

尽管来这个地方之前，我有充分的心理准备，可眼前的景象还是让我大吃一惊，最难的是给乡村孩子们上课，书上有好多外面世界的精彩，他们闻所未闻。一些新鲜的词汇，我往往旁征博引，设喻举例讲得口干舌燥，他们却还是一脸陌生。

有一天，上自然课讲到鱼，我问同学们鲫鱼和鲤鱼的区别，他们一个个都摇头。他们压根儿就没走出过大山见到过鱼呀！我和学校领导商量，买几条回来做活体解剖，校领导露出一脸难色。我只好借了辆自行车利用星期天骑了三十多里路到一个小镇上，自掏腰包买了几条回来。

那节课，同学们高兴得像过节一样，我却流下了热泪。

听当地的老师讲，这里的学生有个最大的缺点，就是上课爱迟到。但开学两个月来，我教的班还未发现过这样的现象。为此，我非常得意。我当年读初中的时候，不喜欢哪位老师的课，就常常采取这种极端的行为来"报复"。虽然最终受伤害的是我，可当时就是不明白。现在我也为人师表了，如果我的学生这样对待我，我又作何感想呢？

世界上的事就是怪，不想发生的事偏发生了。我把那位迟到的学生带到办公室了解情况。原来他家离学校有二十多里路，他如果要准时到校的话，早晨5点钟就得起床，还要摸黑走上十几里山路。夏天还可以对付，可眼下是深冬寒风刺骨。我要求他住校，他说他回家和父母说说。第二天，他却没来上课。我非常着急，找了个与他家相隔几个山头的同学去通知他，他还是没来。

我在当地老乡的带领下，来到了他家。忽然间，"家徒四壁"这个成语从我的记忆深处冒了出来。面对他的父母，我哽咽着对他说，老师不要求你住校，只要你每天坚持来上课就行。离开他家的时候，他父母默默地把我送过好几道山梁。

出乎意料的是，家访的第二天，他居然背着被褥来到学校，我心里非常激动。可没隔几天，他又不来上课了。

我再次来到他家里。他父母告诉我，说他小时候常患病，身体弱，有尿床的坏毛病，他怕在学校尿床被同学笑话。

我问他想不想走出大山。

他说想。

我说要走出大山就得好好读书。

他抹着眼泪点点头。

我说相信老师，老师会帮助你的。

这个冬天，每天早晨等上课铃响过后，我和另一位老师轮换着去查他的被褥。如果是湿的，我们就悄悄地拿到自己的寝室里烘干。

做这些工作，我们既是在尽责任，更是凭良知。坦率地说，我心里也有过埋怨：这个学生从来就没有当面向我说过半个"谢"字。想到这一点我就脸红，我是不是太自私、太虚荣、太渴望回报了呢？

一件事净化了我的灵魂。

我知道山村孩子的渴求，他们需要知识，更需要做人的道理。

课外活动时，我尝试着给他们读一些脍炙人口的诗篇："风雨沉沉的夜里/前面一片荒郊/走尽荒郊/便是人们的道/呀，黑暗里歧路万千/叫我怎样走好/上帝！快给我些光明吧/让我好向前跑/上帝说：光明/我没处给你找/你要光明，你自己去造！"

一双双纯洁晶亮的眼睛盯着我。我又声情并茂地朗读着穆旦的《理想》："没有理想的人像是草本/在春天生发，到秋日枯黄/没有理想的人像是流水/为什么听不见它的歌唱/原来它已为现实的泥沙/逐渐淤塞，变成污浊的池塘……"

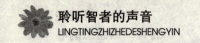

下课后，同学们都围过来，要我把诗集借给他们传抄。我既高兴又担心。

我看了他们摘抄的诗，有的抄了顾城的《一代人》，有的摘录了惠特曼的《我自己之歌》，有的摘了穆旦的《森林之魅》。我心里充满了喜悦。

那位尿床的学生却写了这样一句话：老师，你让我懂得了这样一个道理，生命是美丽的！

霎时，我的眼泪夺眶而出。

 画龙点睛

是春雨，就该滋润万物；是秋风，就该让果实成熟；是灯塔，就该为远行的船指明方向。如果你真诚，就请点燃希望的火；如果你真诚，就请告诉别人，生命是美丽的。

用感激的心感受世界

　　不知从什么时候起，人们的心慢慢变硬了，变冷漠了，变贪婪了。尽管脸越来越显年轻，心却越来越老；交际应酬越来越多，心的交流越来越少；格式化的表情越来越多，会流泪的人越来越少；贪婪掠取的人越来越多，学会感激的人越来越少。在心如坚冰又加设密码的今天，人类应该恢复人类自身的本性，时常学会感动，学会感激。感激是一种美好的情感，是道义上的净化剂，是事业上的原动力和内驱力，是人的高贵之所在。

　　对父母学会感激，就会常怀孝心，常有孝行。父母给了我们生命，还有比这更贵重的礼物吗？没有他们，世上就没有我们的踪迹。常言说父母的恩情似海深，是说它的深广厚重。有了父母大爱的滋润浇灌，我们在岁月的河边行走时，才不感到孤单干渴。许多人对父母真正的爱心往往产生在父母离开他们之时，望着那空了的病床，才更加真切地体会到那彻彻底底的爱。没有了父母，我们就像迷路的孩子找不到家，断线的风筝在空中飘摇。父母是我们心的依靠和归宿：有雨的日子是头顶撑起的一把伞，伤心的时候是为我们擦去泪花的手帕。对父母要学会感激，就是要常唤醒沉睡的良知：在自己的小家装修得豪华如宫殿时，去看看父母的房子漏不漏雨；在外饮酒作乐、潇洒走一回时，想想父母在家里是否感到孤独，"常回家看看"的歌谣就是要对父母学会感激的呼唤。

　　对他人学会感激，就会常怀仁爱之心、慈悲之心。学会感激，就要布施行善，多给予，少掠取，使自己心灵富足。荀子曰："积善成德，而神明自得，圣心备焉。"给予得越多，收获得也越多；索取得越多，收获得就越少。人的一生，为他人付出得越多，他的心就越富足，他就越过得坦荡，泰然自若。心灵富足的人必会爱人，因为爱就是给予，爱就是富足，爱就是宽广，爱就是一切。得到别人帮助时要学会感激，就会让你在别人遇到困难时伸出援助之手；与人发生矛盾时学会感激，就会让你想起往日获得的关心帮助，从而化解心灵的隔阂。学会感激，就必须宽容。宽容是给予的一种高级境界，是通往我们精神和灵魂增长之路的钥匙。能够宽容的人就能获得力量的循环增长。首先应该宽容自己，宽容自己的一切愚蠢和错误行为，不要让忧伤和懊悔折磨自己，我们就会从错误中汲取力量。其次要宽容他人，要爱邻居，爱同事，爱亲朋，宽容他人，才能够享受到生活的美好。

对事业学会感激，就会忠诚敬业。即使是为公司、为单位作出了巨大贡献，也不要居功自傲，目中无人，你仍要学会感激，感激你和事业一块成长，感激为之效劳的公司和单位为你提供了施展才能和抱负的舞台，感激领导对你的信赖重用和同事对你的大力支持。在你向着既定目标努力奋斗的过程中，只有学会感激，才会对事业忠诚，才能获得继续前进的内驱力，将你的现有成功看成是一个巨大的感动，你才会获得更大的成功，做出感动他人、感动自己、感动公司乃至感动中国的壮举。

中央电视台"感动中国年度人物评选"活动中的那些获奖人物，他们的事迹无不缘于一种最初的感动。持久的感动就会凝结成对事业的执著，忠诚加执著便是敬业乐业。只有将个人的前途与团体事业交融在一起，每个人都对团体学会感激，忠诚敬业，事业才会有发展，个人才能成功，这便是双赢法则。

对生命、对生活、对大自然、对一切美好的事物都学会感激，灵魂会得到不断净化。我们应该感激上帝，感激机缘的垂青。生命又是以血肉之躯这样一种十分脆弱的方式存在，它有时简直像雕花玻璃一样脆弱。喉管、静脉、心脏等生命的至关重要的部分，只是被一层皮包裹着，太容易受伤。一次观看聋哑儿童表演芭蕾舞《天鹅湖》，她们都是些只有六七岁的小姑娘，穿着白色天鹅裙，一个个如天使般美丽可爱。

由于聋哑，她们只能在指导老师的带领下进行表演，舞台上播放着优美动听的音乐，她们却一点儿也听不见，不知音乐为何物。看着她们整齐优美的表演我流泪了，流下的是感激的泪水。我感激上苍让我拥有一副好耳朵，能听见音乐和大自然的各种天籁；让我拥有一副好嗓子，能唱出我心底的歌声；让我拥有一双不大也不漂亮但却明亮的眼睛，能看见五彩斑斓的大千世界。上天给予我太多的恩赐，比起这些可怜可爱的小姑娘，我简直是太富，太幸福了。有这么一句话："一个女孩因为她没有鞋子而哭泣，直到她看见了一个没有脚的人。"是啊，我们对身边拥有的一切应该学会感激。

对生活学会感激，你就不会有太多的抱怨。不要看到社会上的某些不正之风或有些政客腐败无能，你就变得怒不可遏，否定全社会。世上没有十全十美的事物，许多事情往往都是双刃剑，若只看到刀刃的一面，受伤的永远是自己。比抱怨更为重要的是自己为改变这一切做了那些努力。生活是什么？生活是那河中水、指间沙，我们必须健康快乐地活着，这虽然平凡，可对于那些病重将死的人来说是多么美好啊！

对大自然学会感激，就会以朋友的身份、和平共处的心态去爱护大自然，而不是以主人的身份去占有。四季交替中我们感受到大自然不同的呵护与关爱。寒冷的冬日，早晨第一缕阳光透过窗户照在你的床头，你会感到那好像母亲温暖的手抚摸着你；夜晚来临，怕你寂寞，月亮像个多情的情人，将一片幽辉洒在你的床前，静静地听你诉说心中的情话。蓝天给你以自由遐想，大海给你以深沉雄浑，草原给你以宽广邈远，高山给你以坚毅勇敢，流水给你以柔情缠绵，这些美好的品格汇聚成人类的至尊至美，我们没有理由不感激大自然。

对一切美好的事物学会感激吧！学会感激将会使你的心和你所企盼的事物联系得更紧，学会感激将使你获得力量，使你产生对生活、对一切美好事物的信念，从而一生被美好的事物包围。

学会感激甚至感恩，是所有人都应学会的情操。

画龙点睛

　　破土而出的嫩芽，是对普照阳光的感恩；拨弄涟漪的芙蓉，是对皎洁月色的感恩；众生纷纭是对绵延在家族中的一丝血脉的感恩。心存感恩是人的高贵所在，在盈满你感激的泪光中，人生变得更加温馨与明媚。

第六辑
创造一个良好的环境

选择朋友

　　一个好友胜过一笔财富。人性中有一些品质会让友谊变成一种幸福的事，但金钱买不到这些品质。最好的朋友是那些比我们更睿智和更出色的人，他们的智慧和美德会激发我们去做更高尚的事情。他们有着比我们更多的智慧和更高尚的情操，可以在精神上和道德上将我们带入一个新的境界。

　　"观其友而知其人"，这句话总是对的。高层次的交往会有力地塑造一个人的性情。在交往中，品性对品性的影响胜过其他任何因素。纯洁的品格会培养纯洁的品格，爱好会引发相同的爱好。这些表明，在年少时，选择朋友甚至比选择老师和监护人还要重要。

　　不可否认，有些朋友总是我们不能选择的。有些是工作和社会关系强加于我们的。我们没有选择他们，也不喜欢他们，可是我们不得不或多或少地与他们交往。不过，只要我们心中有足够的原则来承担压力，与他们交往也并非毫无益处。在大多数情况下，我们还是可以选择朋友的，而且必须选择。一个年轻人毫无前瞻性，也无目的性地随意与张三李四交往，是不好的，也是没必要的。他必须遵守一些确定的交友原则，应当把它们摆在心中最高的位置，并经常加以审视。

　　无论是有益的还是有害的友谊，都是一种教导。它可以培育或是高贵，或是卑微的品格。它可以使灵魂升华，也可以使之堕落；它可以滋生美德，也可以催生邪恶。它的影响没有折中之道：如果它让人高尚，就会用一种无比高贵的方式；如果它让人堕落，就会用一种无比低贱的方式。它可以有力地拯救一个人，也可以轻易地毁掉一个人。

　　播种美德，就会收获美德；播种邪恶，就会收获邪恶，这是非常确定的，而有益的友谊帮我们播种美德，有害的友谊则支使我们撒下邪恶的种子。

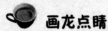

画龙点睛

　　一个好友胜过一笔财富，正所谓"近朱者赤，近墨者黑"，一个好的朋友会让我们学到很多知识，反之，一个不好的朋友足以使我们跌入泥潭。

天道酬勤

年幼时，在路易斯州萨墨菲尔德有一间铁皮屋顶的小房子，我和8个兄弟姐妹就在那里长大。尽管我们的房子里甚至连个像样的厕所都没有，但是我并不认为这样的成长环境是一种障碍。我更多的是把生活看作手中掌控的一张牌，尽力使其作用发挥到极致。

5个男孩中，我是最小的，还有4个姐姐，我们相依为命，互相照顾。父亲去世得早，因此我对于他的记忆是很模糊的。在我3岁那年，父亲自杀了，将养育9个孩子的重担抛给了母亲。母亲在一家锯木厂开铲车，每周收入50美元，同时她还在家禽养殖厂做着一份工作。母亲工作很辛苦，为了养家糊口，她几乎一刻也没有停歇过。

母亲坚信，她能尽自己的一切能力完成自己的职责，因此，无论怎样，母亲从不接受别人的施舍。你可以想象得到，尽管我们不能得到想要的东西，但所需的东西我们一定会有。因为有妈妈做榜样，我懂得了努力工作是实现理想的最佳方法。

在成长的过程中，周围环境中充斥着的不良行为不断诱惑着我，比如吸毒、酗酒等等。即使在很小的时候，我也选择不去那种地方，因为我知道将来自己一定大有可为。对于我的这种想法，有人认为是自大或妄想，但是，我不会让任何人说我不能完成任何立志要做的事。

当然，我想象过长大以后会成为怎样的人。最初，我想成为一名国家警察，后来又想当特种兵，不久后，我决定要当一名集装箱卡车司机，甚至还有一段时间，我还想成为一个建筑工人。高中时，我想去踢足球，事实上，直到今天我还踢球。但无论我选择做什么，我都希望让母亲和兄弟姐妹以我为荣。不仅仅为了我在自己的事业上取得的成就，还为我正直地做人。

看起来似乎有些奇怪，因为篮球并未被我列入人生计划之中。一天，母亲把一个旧水桶沿边剪下一圈，然后举起来，让我往圈里投橡皮球玩。到初中的时候，我开始在一支球队打篮球。我喜欢比赛，每每我代表学校外出比赛，努力拼搏最终赢得胜利时，我就会有一种快感。对我而言，这就是天道酬勤。我并不刻意去争功得利，但我却每天都在为之努力。不管我怎么做，都总会有人希望我倒下，他们说："卡尔·马龙不行。"我非但没有被这些人击垮，反而给了我动力，我继续在每一天里证明给他们看：他们是错误的。无论在场上还是场下，我都会用一种积极的方式，尽力让自己发挥出好的水平。我明白，无论我如何应对，总有其他人在走下坡路，而我还在这里。我知道，如果没有不断地努力，我也不会再次站在这里。

对于作为一名篮球明星所享受的生活，我充满了感激。但是当我看到这些写着"篮球就是生命"的 T 恤衫时，我想那是对的，的确是这样！但篮球不等同于生命，尽管它激动人心。然而，关于篮球运动，我觉得重要的是在我所谓的这段生命旅程中，它指给我一条为他人做好事的道路。

成功真可谓是弃恶扬善，多为你所在的世界做出积极的贡献。珍惜真正重要的东西，比如家人和朋友等。

别人都把著名运动员、演员或音乐家作为崇拜的偶像，而妈妈却是我的偶像。这么多年以来她都是，以后也会是我灵感的来源。母亲教导我说："努力工作是不会累死人的。"母亲是我心目中的英雄，她、家庭和朋友带给我最多欢乐，这是生活中其他任何东西都无法比拟的。

当我的生命即将结束时，我不希望给人们留下这样的记忆：一屁股坐在那儿对别人说"我成功了"，也不想说，对自己拥有的一切我没有付出最大努力。的确，有些时候我不想努力工作，但是不管怎样，我还是去做了，因为那才是真正的我。

画龙点睛

　　中国著名数学家华罗庚曾经说过这样的一句话："勤能补拙是良训，一分辛劳一分才。"只有坚持不懈地努力，才会达到自己的目标。

不要轻言放弃

我们常听到人们说："永远不要放弃。"这句话可能是要鼓励别人，也可能是表示自己的决心。相信自己的人，不管经历多少次失败，都会不断试着要达到目标。我认为，有成功的决心是每个人都应该有的重要特质。因此，我认为我们应该永不放弃。

其中一个理由是：如果我们太轻易放弃，就几乎无法完成任何事。我们第一次尝试新事物会失败，这是很平常的事，所以我们不应感到气馁，而应该要再试一次。而且，如果我们总是一失败就放弃，就无法培养新技能并且不断地成长。我们应该永不放弃的另一个原因是：只有再努力一次才能从错误中学习。如果我们不再试一次，那么我们所学到的教训就白白浪费了。最后，我们应该永不放弃，是因为当我们努力达到目标的时候，我们就会培养出自信，而这种自信将有助于我们在生活的其他领域中获得成功。如果我们不挑战自我，我们就会开始怀疑自己的能力。

简言之，当我们努力追求目标时，永不放弃是很重要的。不管最后有没有成功，我们都会学到一些东西，而我们所学到的东西，将会使自己成为一个更好、更有自信的人。而且，如果放弃的话，我们就没有机会达到目标。但是如果能不断尝试，总有一天我们一定会有机会成功的。

画龙点睛

　　坚持，就能做最好的自己。有成功的决心应该是每个人必须有的特质，在奋斗的道路上，你所要做的就是不要轻易放弃。

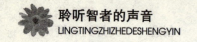

给年轻人的建议

　　获悉人们希望我在这里讲几句时，我就问他们我该讲些什么。他们希望我讲些适合年轻人的东西——一些教诲性、有教育意义的东西，或是一些好的建议。这太好了！我倒是一直想给年轻人提点建议呢，因为人在年轻时期，好的建议极易在心底扎根，并能终生受用。那么，首先，年轻朋友们我要真诚地告诫你们——一定要听父母的话。长远来讲，这是最聪明的做法，如果你不听话，他们就会逼着你听话。大多数父母认为他们知道得比你们多，在这种情况下，与其基于自己的判断行事，还不如迎合他们的想法，这样你会收获更多。

　　如果你有上级的话，请尊重他们，对陌生人和其他人也是如此。如果某个人得罪了你，而你也不知道他是否是故意的，那就不要采用极端做法，而要等待时机，给他当头一棒，这就够了；如果发现他并非有意伤害你，那么你就应该站出来，坦白承认教训他的事，要像一个男子汉一样承认错误并说明自己并非有意。还有就是，切勿使用暴力。在这个和平友好的年代，暴力已经过时。让我们谴责这些低俗的举止，粉碎暴力吧！

　　早睡早起这是十分明智的。有些人主动起床，也有些人被迫起床。当然，在百灵鸟的歌声中起床是最惬意不过了。当人人都知道你与百灵鸟同迎清晨，你便会备受称赞；如果你得到一只中意的百灵鸟，并按自己的意愿训练它，让它九点半，甚至是任何时候起床就不是件难事。当然，这并不是说要耍诡计。

　　现在，我们来谈谈说谎吧。要说谎，就得小心谨慎，否则很容易穿帮。一旦被揭穿，别人就不再认为你是善良和纯洁的，他们眼中的你就不是从前的你了。很多年轻人就因为一个笨拙或并不圆满的谎言永远地伤害了自己，原因在于他们不够谨慎且缺乏训练。有些人认为，年轻人不能撒谎。当然，这有些偏激。我不会这么偏激，而是始终相信自己是有道理的，我认为，年轻人应适当运用这门伟大的艺术，通过训练和实践，他们将变得自信、优雅和精确，而这些恰恰可以使他们完美出色地完成任务。耐心、勤奋和对细节的认真揣摩这些都是年轻人必须具备的条件。随着时间的流逝，这些要素将会使你们臻于完美，而你们也只有仰仗这些要素才能成就日后的辉煌。想想那位无可匹敌的大师吧，多年沉闷乏味的学习、思考、实践和练习才使他得以在世人面前说出这样的经典语句："真理有着巨大的力量，并将战胜一切。"这是最伟大的悖论，是凡人所能达到的最高境界。历史和个人的经历都深刻地表明，真理易被推翻，但绝妙的谎言却永远颠扑不破。波士顿立有一座纪念麻醉术发明者的纪念碑。但后来，很多人发现，这个人根本不是麻醉术的发明者，他不过是一个窃取了他人的成果的人。真理的力量真的很强大吗？它能战胜一切吗？哦，不，朋友们，那座纪念碑是用很坚固的材料做成的，但它所昭示的谎言将比纪念碑本身还要久一百万年。笨拙、无说服力和漏洞百出的谎言是你应当通过不断学习去避免的，这样的谎言还不及一般真理长久。为什么呢？你还是说出真相吧，现在就说。一个没有说服力、可笑、荒谬的谎言不会存在两年——除非它是对某人的诽谤。当然。这样的谎言牢不可破，但这对你的名誉没有什么好处。一句话：尽早练习这门高尚而美丽的艺术吧——现在就开始。要是我当年入门早，现在就已经学会了。

　　切不要随便玩弄枪械。年轻人因为无知和不小心摆弄枪械而造成痛苦和伤害的例子太多了！就在4天前，我避暑的农舍隔壁住着一位满头银发、和蔼可亲的老奶奶，我觉得她是世界上最可亲的老人家之一了。当时，她正坐在那儿干活。她的小孙子蹑手蹑脚溜了进来，还拿着一管旧的、变了形的、锈迹斑斑的枪，这支枪好多年没用了，大家都以为里边没装子弹。孙子用枪指着她，笑着威胁她。她十分惊恐，惊叫着跑开，并在门的另一侧求饶。但当她从他身边走过时，他用枪几乎顶着她的胸膛，并且扣动了板机！他以为枪膛里没子弹。的确是，枪里确实没子弹，所以并没有造成什么伤害。这是我听过的唯一一桩例外。因此，同样地，不要去碰没有装子弹的枪。它们是人类制造出的最精确的夺命工具。不要在枪支上浪费精力，不要给枪装支架，不要装瞄准器，甚至不要去瞄准。不，你只要拿起一样类似的东西并且"砰砰"两下，保证你会击中目标。一个在 45 分钟之内无法用加特林击中 30 码远的教堂的年轻人，可能会用一支破旧的没装子弹的枪在 100 码处次次击中他的奶奶。想想看，如果滑铁卢战役中的一方是拿着没装子弹的枪的孩子们，另一方是他们的女性亲戚，结果会如何呢？只是想想，就会让人不寒而栗。

书有各种各样的，但好书才适合年轻人阅读。请记住，好书能让你不断完善自身，这种作用力强大，不可估量且难以名状。因此，年轻的朋友们，请谨慎选择你们的读物，要十分谨慎。你们应该专门读罗伯逊的《道德启示录》，巴克斯特的《圣徒的安息》和《傻瓜出国记》诸如此类的作品。

我说得已经够多了。我希望你们能珍惜这些建议，让它们成为你的向导，点燃你们思想的火花。按照这些建议去努力培养自己的性格吧。慢慢地，一旦你塑造好了自己的性格，你将惊喜而欣慰地发现：自己和他人是如此相似。

 画龙点睛

　　一定要听父母的话，一定要早睡早起，不要随便说谎，不要玩弄枪械，年轻人要塑造好自己的性格。

健康的生存环境

　　人们通常认为健康就是财富。没错，如果没有健康，那么再多的财富也失去了其原有的价值。无论是从事体力劳动的人还是从事脑力劳动的人，都懂得健康是最重要的，没有了它，生活便失去了色彩。通过对人体构造的研究，我们已经懂得我们生来就是为了能够享受生活的。

　　视觉、听觉、味觉、触觉，以及我们所拥有的力量都是为了能让我们更好地享受生活。

　　可是这种快乐之中又有哪一种能够与身体的健康相比呢？难怪索斯伍德·史密斯博士说："享受乐趣不仅是我们所追求的目标，更是使我们的寿命得以延长的唯一一种方法。"

　　享有幸福自然会为人们的身体健康带来好处。不过痛苦、不幸也并非没有一点好处。它们是一种善意的警示，使我们能够适时觉察到自己是否已放纵无度。它们就像一个监控器，时刻提醒着我们必须调整生活状态。它们是想让我们回到一种自然的状态之中，掌握生活之道，并重新得到幸福。

　　因而，想要享受幸福就必须遵守一定的法则。上天赋予我们理性，就是为了让我们发现生活中的准则并遵守这些准则。如果我们不能对这些准则加以利用，甚至视而不见，那么痛苦、疾病就会不期而至。

　　如果我们不能遵守身体的自然法则必定要承受恶果。暴饮暴食的人极有可能患上痛风、瘫痪或消化不良一类的疾病；嗜酒成性的人则极有可能身体浮肿，手脚麻痹，四肢无力，甚至还会引发食欲不振、体质下

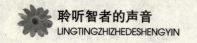

降，而这一切都是他们应该承受的代价。

　　人体如此，环境也是如此。如果某地排水不畅，清洁工作做得不彻底，且居住的地方杂乱而拥挤，空气污浊，那么我们就会引发流感、霍乱或瘟疫。这种悲剧无疑是由人类造成的，可谓是自食其果。

 画龙点睛

　　环境是一个人成长的重要因素，健康就是财富，拥有一个良好的生存环境才会健康。

人像一棵果树

人生在世最难完成的两件事就是：用诚实的努力获取财富，以及拥有财富后，学会如何正确地运用。实际上，对每个人来说，人生之役，生存之役，都是一种挑战。

有一次，我沿着内河独自驾船前往佛罗里达州。到达南卡洛来纳的乔治敦时，我决定靠岸过夜，顺便去拜访一位老朋友。船一进埃松港，我就从望远镜中看到他站在那里等我们。朋友高而挺拔的身影像一支箭一样，站立在刺骨的寒风中，好似一幅健壮男子汉的画面，虽然画面中人已年过八旬。没错，他就是我们的老一辈政治家——伯纳德·巴鲁克。

伯纳德·巴鲁克的旅行轿车载着我们，径直驶向他那著名的霍布考大庄园用餐。我们就座于谈话的大客厅，曾有包括罗斯福和丘吉尔在内的许多贵客与政治家光临，与他交谈，倾听他的意见。如今，巴鲁克先生虽已82岁，却依然活力充沛。他对过去缄口不提，只谈论现在与将来的问题，并为我们对历史学、经济学和心理学知识的匮乏而深表遗憾。他告诉我，昨天他只用10发子弹就射中了8只鹌鹑，这也是他提到的唯一一件"往事"。说话时，他的双眼闪烁着令人愉快的光芒。这位伟大的人物对世界充满价值的奥秘何在？答案就是他对成就一如既往的追求。

我的另一位朋友领导着一家最大的公司——一个大钢铁公司。年近75岁的他，依然是位优秀的领导者。他也从不谈及往昔，而是游刃有

153

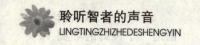

余地处理着每天的问题，头脑中想的满是对未来的计划。并且值得一提的是，70多岁的他还会不时打打高尔夫球。他是个幸福的人，因为他有所成就。

最近，在一个相当知名的高尔夫俱乐部，我打完一轮球后走进衣帽间。当时已近黄昏，多数俱乐部成员都已经回家。然而，六七位年过中旬的人依然坐在桌边，漫无目的地闲聊着，喝得烂醉如泥，他们每天都是如此。令我无比惊奇的是，他们个个都曾是家财万贯，事业成功，在圈内备受尊敬的人。如果幸福的首要因素是物质财富，那么他们每个人都应该很幸福。但是，我想，对他们来说，某种非常重要的东西已经失去了，不然他们又怎会逃避现实，每天用苏打水和苏格兰威士忌将自己灌得烂醉如泥？他们明白，自己已经无法突破现有的成就。一棵果树若不再结果便会枯死，人也如此。

如何才能幸福长寿地生活在世上呢？我想，很早之前在翻阅《圣经》时，我就找到了答案。《创世纪》中有一段话引起了我的注意，它虽然简短，却在我脑海中留下了深刻的印象："要想糊口，必要汗流满面。"

对我而言，它是最初的记忆，也是始终的挑战。实际上，对每个人来说，人生之役，生存之役，都是一种挑战。圣·保罗不朽的教诲，也一直并将永远鼓舞着我。但愿，在到达生命之途的终点时，我能够认为自己打了漂亮的一仗，不仅走完了人生的旅程，而且一如既往地坚持着自己的信仰。

 画龙点睛··

　　人生之役，生存之役，是一种挑战。想要糊口，必要汗流满面。努力吧！用你的汗水浇灌你的人生之树。